KB115308

鵬붕정대연가

붕정대연가(鵬程大戀歌) 4

임영기 新무협 판타지 소설

초판 1쇄 찍은 날 § 2021년 3월 10일
초판 1쇄 펴낸 날 § 2021년 3월 17일

지은이 § 임영기
펴낸이 § 서경석

총괄팀장 § 노종아
편집책임 § 신나라
디자인 § 스튜디오 이너스

펴낸곳 § 도서출판 청어람
등록번호 § 제387-1999-000006호
등록일자 § 1999. 5. 31
어람번호 § 제2-2862호

주소 § 경기도 부천시 부일로 483번길 40 서경B/D 3F (우) 14640
전화 § 032-656-4452 팩스 § 032-656-4453
http://www.chungeoram.com
E-mail § chungeorambook@daum.net

ISBN 979-11-04-92319-7 04810
ISBN 979-11-04-92299-2 (세트)

도서출판 청어람

4

임영기 新 무협 판타지 소설
Cover illust A4

붕정대연가

ANTASTIC ORIENTAL HEROES

鵬붕정대연가

목차

第三十五章

곤산파(崑山派)

　적들의 우두머리가 자욱한 안개 같은 목소리로 느릿느릿 입을 열었다.

　"너희가 전광신수와 철옥신수(鐵玉神手)라고 하는 소위 쌍신수(雙神手)냐?"

　전광신수는 진검룡이 맞지만 철옥신수는 뭐고 쌍신수는 또 뭐라는 말인가.

　그렇지만 진검룡과 민수림이 철옥신수와 쌍신수가 무엇을 뜻하는지 전혀 짐작하지 못하는 것은 아니다.

　아마도 철옥신수는 민수림을 가리키는 것이고 쌍신수는 진검룡과 민수림 둘을 가리키는 것일 게다.

두 사람의 별호에 '신수'가 있으니까 '쌍신수'인 것이다. 누가 붙였는지 그럴싸하다.

그래도 확인을 해야겠기에 진검룡이 턱으로 우두머리를 가리키며 물었다.

"너희가 우리를 쌍신수라고 부르는 것이냐?"

손가락 한 마디 길이의 짧고 검은 수염을 코 밑과 입 주변에 수북하게 기른 덩치 큰 사십 대 사내가 진검룡을 쏘아보며 대답했다.

"우리가 할 일 없이 너희들 따위 별호를 붙이고 있겠느냐? 항주 인근에서 너희를 그렇게 부르는 것으로 알고 있다."

진검룡은 가볍게 고개를 끄떡였다.

"그래서 너는 누구냐?"

우두머리는 이마빼기 새파란 진검룡의 안하무인격인 언행에 발끈하는 것 같았으나 진검룡과 민수림이 특급살수 세 명을 너무도 간단하게 처치했다는 사실을 염두에 두고 함부로 발작하지 않았다.

"나는 곤산파(崑山派)의 장문인 풍건(楓乾)이다."

"곤산파?"

곤산파가 워낙에 유명한 문파라서 항주 북쪽 어딘가에 그런 문파가 있다는 정도로만 알고 있는 진검룡은 가볍게 미간을 좁혔다.

사실 절강성과 강소성 접경에는 그 지역 일대 오백여 리를 지배하는 다섯 개의 문파가 있으며 그들을 일컬어서 오산파(五山派)라고 부른다.

다섯 개 산을 중심으로 그 일대를 지배하는 패자(霸者)이기 때문인데 모두 정파다.

그들 오산파는 검황천문의 휘하로서 절강성과 강소성 접경 지역을 지배하며 다스리고 있다.

그런 사실에 대해서 구체적으로 모르는 진검룡은 다짜고짜 대놓고 물었다.

"너희 곤산파는 검황천문의 졸개냐?"

진검룡은 곤산파가 검황천문의 명령으로 자신들을 죽이러 왔다고 믿는다.

곤산파를 비롯한 오산파가 검황천문 휘하는 맞지만, 대놓고 졸개냐고 하니까 우두머리 즉, 곤산파 장문인 곤산기검(崑山奇劍) 풍건은 발끈했다.

"입이 험한 놈이로구나."

민수림은 대화하는 것은 일체 진검룡에게 맡기고 자신은 묵묵히 지켜보기만 했다.

"검황천문이 우릴 죽이라고 하더냐?"

"오냐."

풍건은 자신이 지나치게 긴장했다는 생각에 빠르게 평소의 평정심과 용맹함을 되찾았다.

"너희는 스스로 무릎을 꿇고 제압을 당하면 목숨을 건질 수 있을 것이다."

풍건은 무리가 만든 포위망 뒤쪽에 있었으나 시간이 지나면서 여유를 찾았는지 천천히 걸어서 앞줄로 나섰다.

"남천으로 압송하여 죄를 뉘우친다면 죄가 가벼워질 수도 있을 것이다."

진검룡은 슬슬 짜증이 나고 비위가 뒤틀리기 시작했다. 그는 풍건과 더 이상 할 얘기가 없다고 판단했다.

"풍건, 너희들이 지금 곱게 물러간다면 목숨을 살려주마. 이것이 한 번뿐인 자비라는 점을 명심해라."

"미친놈!"

민수림은 진검룡이 어떻게 하리라는 것을 예상하고 그에게 전음을 보냈다.

[비뢰적하검 일초식 비뢰검 일변에서 사변까지 순서대로 한 번에 전개하세요.]

진검룡 입가에 흐릿한 미소가 피어났다. 사실 그도 민수림 말대로 하려던 참이었다.

이곳에 들어와서 배운 비뢰적하검이 과연 어떤 위력이 나올지 궁금했다.

이렇게나 마음이 통하니까 자신과 민수림이 떼려야 뗄 수 없는 운명의 찰떡궁합이라고 생각했다.

또한 곤산파 장문인 풍건을 진검룡이 급습을 해서 제압하거나 죽이는 것까지도 민수림과 생각이 통했다.

다른 점이 있다면 진검룡은 풍건을 죽이려고 마음먹었고 민수림은 제압하기를 원했다는 것이다.

[제압하세요.]

진검룡은 막 비뢰검을 출수하려다가 멈칫했다. 말이 멈칫했다는 것이지 그런 건 민수림 눈에만 간파될 뿐 적들은 아무것도 모르고 있다.

[풍건이라는 자, 기개가 좋고 성품이 곧은 것 같아요. 제압해서 검룡의 수하로 삼는 게 좋겠어요.]

[수하?]

뜬금없이 수하는 무슨? 진검룡은 조금 뜨악한 표정을 지었으나 민수림을 쳐다보지는 않았다.

[장차 세울 문파를 검룡 혼자 꾸려 나갈 생각인가요?]

'아…….'

정확하게 무슨 뜻인지는 모르지만 어쨌든 민수림의 말에 진검룡 머릿속이 환하게 밝아졌다. 특히 '문파를 혼자 꾸려 나갈 생각'이냐는 말이 가슴에 꽂혔다.

그는 오른손에 쥐고 있는 순정강검을 힘주어 움켜잡았다.

그렇지만 풍건을 비롯한 적들은 순정강검이 보이지 않으므로 진검룡이 주먹을 움켜쥔 것으로만 보였다.

적들, 특히 풍건은 진검룡과 민수림을 과소평가했다. 자신들 수가 많다는 사실을 지나치게 믿고 있으며 두 사람을 직접 보니까 별것 아닌 것 같았기 때문이다.

그래서 풍건은 진검룡과 민수림에게 너무 가까이 접근했다. 도대체 삼 장 거리가 무언가.

그것은 진검룡이나 민수림 같은 고수에게 날 죽여도 좋다는 기고만장함, 혹은 자비심이나 다름이 없다.

풍건은 어이없게도 전광신수에 대해서 아무런 조사를 하지 않았으며 정보를 얻지도 못한 것이 분명하다.

최소한 '전광'이라는 별호가 어떻게 만들어졌는지 조금만 염두를 굴렸다면 이처럼 무모할 정도로 가까이 접근하지는 못했을 것이다.

진검룡은 풍건을 향해 오른손의 순정강검을 재빨리 뻗었다. 그저 순정강검으로 그를 가리키기만 했다.

우르릉!

순간 주위의 공기를 떨어 울리는 우렛소리가 터졌다.

비뢰적하검의 일초식 비뢰검은 날 비(飛)에 우레 뢰(雷)다. 검기가 뿜어지면서 우렛소리가 터진다는 얘기다.

팍!

"흐윽……!"

우렛소리가 터졌을 때에는 이미 풍건 왼쪽 어깨에 구멍이 뚫리면서 피가 화살처럼 뿜어지며 상체가 뒤로 크게 젖혀지고 있었다.

"앗! 장문인!"

"우왓!"

뒤로 날려가면서 쓰러지는 풍건을 곤산파 고수들이 다급한 외침을 터뜨리며 붙잡으려고 했다.

모두들 어떻게 된 일인지 영문을 알지 못했다. 설마 삼 장 거리에 서 있는 진검룡이 무형검으로 풍건을 공격했으리라고 는 꿈에도 생각하지 못했다.

풍건 이하 곤산파 문하고수들은 대부분 이류고수이며 몇 명이 일류고수 수준이라서 무형검 같은 것은 그들과 너무도 동떨어진 세상의 초상승무공이다.

느닷없이 벌어진 일에 그들은 그저 놀랄 뿐 그다음에 일어 날 일에 대해서는 아무도 예상하거나 신경을 쓰지 않았다.

슈우우!

진검룡과 민수림, 청랑이 풍건을 향해 바람처럼 들이닥치는 데 민수림이 부드러운 장력을 뿜어서 고산파 고수들을 한꺼번에 물러나게 만들었다.

쏴아아아!

"와앗!"

"우웃!"

신기하게도 풍건 한 사람만 남겨두고 그 주위에 있던 자들이 모두 거센 강풍에 휩싸여서 우르르 떠밀려 갔는데 그곳에서 꼼짝도 하지 못했다.

그 이유는 민수림이 장력과 동시에 세풍(細風)을 발출하여 그들 십오륙 명의 마혈을 제압했기 때문이다. 지풍보다 훨씬 가느다란 공격을 세풍이라고 한다.

그리고 다른 적들이 반응을 보일 새도 없이 진검룡은 쓰러져 있는 풍건의 가슴에 발을 얹으며 낮게 위협했다.

"이놈들아! 그 자리에 그대로 서 있지 않으면 이놈을 밟아서 죽여 버리겠다."

곤산파 고수들은 움찔 놀라서 함부로 움직이지 못하고 눈치만 살폈다.

진검룡은 풍건의 가슴에 올린 발을 들썩거리면서 흡족한 미소를 지었다.

'후후… 이놈들 꼼짝 못 하는구나.'

그때 민수림이 전음을 보냈다.

[검룡, 그자 지혈부터 해야겠어요.]

진검룡은 내려다보다가 움찔 놀랐다. 풍건은 오른쪽 어깨가 관통되어 새빨간 피를 흘리고 있는 상태인데, 진검룡이 자꾸 발을 들썩거리니까 상처에서 피가 걷잡을 수 없이 뭉클뭉클 솟구쳐 나오고 있었다.

[발 떼요.]

진검룡이 발을 떼자마자 민수림이 지풍을 날려서 풍건의 상처를 지혈하고 마혈을 제압했다.

진검룡이 풍건의 팔을 잡고 일으키자 청랑이 두 손으로 그를 잡아서 똑바로 세웠다.

그때 눈치를 살피던 곤산파 고수들이 주춤거리면서 몇 걸음 다가들었다.

그걸 보고 진검룡이 풍건의 상처를 주먹으로 한 대 때렸다.

퍽!

"흐악!"

풍건이 죽는다고 처절한 비명을 지르자 곤산파 고수들이 그 자리에 멈췄다.

진검룡은 눈을 위아래로 부릅뜨면서 으르딱딱거렸다.

"한 번만 더 허튼짓을 하면 이놈을 죽이겠다!"

그는 풍건에게 점잖게 말했다.

"저놈들 물러나라고 너도 한마디 해라."

풍건은 눈동자를 굴려서 진검룡을 무섭게 쏘아보았다.

진검룡은 여유 있는 표정으로 그를 마주 쳐다보았다.

그러나 풍건은 곧 씁쓸한 표정을 지으면서 진검룡의 시선을 외면했다.

일대일로 정정당당하게 겨룬다고 해도 자신이 진검룡을 이길 수 없다는 사실을 인정했기 때문이다.

그는 자신이 무슨 수법에 당했는지 무척이나 궁금했다. 여태까지 이십오 년 동안 무림의 칼날 위에서 살벌한 밥을 먹고 살아왔지만 지금 같은 경우는 처음이다.

마혈이 제압된 탓에 어깨의 상처를 직접 눈으로 볼 수는 없지만 뭔가에 관통될 때의 느낌으로 봐서는 암기에 당한 것 같지는 않았다.

그렇다고 진검룡이 지풍이나 그와 비슷한 상승무공을 전개할 정도의 절정고수는 절대로 아닐 것 같았다.

풍건은 수하들에게 한마디 하는 대신 진검룡에게 궁금한 것을 물었다.

"무엇으로 내게 상처를 입힌 것이냐?"

무인에게 궁금증을 유발시키는 것은 무공뿐이다.

진검룡은 말없이 순정강검을 들어서 풍건의 상처 입은 쪽 어깨에 검면(劍面)을 가만히 얹었다.

"……!"

풍건은 처음에 의아한 표정을 지었다가, 잠시 후에 뭔가 차가운 감촉이 어깨에 전해지자 그것이 무엇인지 깨닫고 눈이 찢어질 것처럼 부릅뜨면서 대경실색했다.

"설마……."

그의 시선은 진검룡의 오른손에 고정되었다. 진검룡의 오른손은 무언가 잡고 있는 모습이며 풍건의 어깨에서 두 자 반 이상의 거리를 두고 있다.

진검룡은 순정강검으로 풍건의 어깨를 살살 톡톡 두드리면서 전음을 보냈다.

[네 눈에는 보이지 않는 검이지.]

진검룡의 얼굴에는 한껏 뻐기는 표정이 역력하게 드러났으며 어깨는 으쓱거리고 발은 까딱거리면서 거들먹거렸다.

그는 여태껏 살아오면서 세상에 이런 째지는 기분이 있는 줄 처음 알았다.

너무나 의기양양하고 자랑스러워서 심장이 터질 것만 같고 호탕한 웃음을 터뜨릴 것만 같은 것을 겨우 참았다.

이런 으스대는 기분은 그 무엇하고도 비교하지 못할 만큼 굉장한 쾌감이다.

풍건은 아연실색한 얼굴로 진검룡을 쳐다봤지만 한동안 아무 말도 하지 못했다.

그의 눈에 진검룡은 이제 겨우 약관(弱冠: 20세)의 나이로 보이는데 말도 안 되게 무형검을 전개하다니 경이롭다 못해서 혼절할 지경이다.

풍건은 무형검을 전개하려면 최소한 공력이 '되돌아 참을 가진다'는 반박귀진(反撲歸眞)의 경지에 이르러야 가능하다고 알고 있었다.

'화롯불이 맑은 청색이 된다'는 노화순청(爐火純靑)의 바로 위의 단계이며 '산봉우리에 올라 극을 이룬다'는 등봉조극(登峰造極)의 한 단계 아래가 바로 반박귀진이며 공력이 육갑자 삼백육십 년에 이르는 어마어마한 수준이다.

무림에서는 그 정도 수준의 인물을 초극고수, 혹은 초절고수라고 부르는데 우내십절이 여기에 속한다.

'맙소사…….'

풍건은 경악에 경악을 거듭한 망연자실한 표정으로 진검룡을 쳐다보았다.

그의 눈앞에 서 있는 약관의 젊디젊은 청년이 당금 천하무림에서 최고수라고 지칭되는 우내십절과 동급의 무위를 지니고 있는 것이다.

그는 진검룡이 열두 개의 순정강으로 무형검인 순정강검을 만들었다는 사실은 꿈에서도 상상하지 못할 것이다.

풍건은 지금 자신의 처지도 잊은 채 경탄과 경외의 표정으로 물었다.

"거리가 삼 장이나 됐는데 내게 어찌한 것이오?"

진검룡을 우내십절과 동급이라고 생각하니까 풍건의 말투가 자연히 바뀌었다.

*   *   *

진검룡은 여전히 거들먹거리면서 대수롭지 않게 대꾸했다.

"귀찮은 놈이로군. 보여줄 테니 잘 봐라."

그는 입으로는 귀찮다고 말하면서도 얼굴은 전혀 그렇지 않고, 오히려 뻐길 수 있는 절호의 기회가 온 것을 기뻐하는 표정이 역력했다.

그는 순정강검을 풍건의 어깨에서 떼어 저 멀리 계류 건너의 커다란 바위를 가리켰다.

"저기 바위 보이지?"

풍건이 대답하기도 전에 순정강검에서 매우 흐릿한 빛살 하나가 번갯불처럼 뿜어졌다.

츠읏…….

스겅!

그러고는 방금 진검룡이 가리켰던 바위 윗부분에서 불꽃이 튀며 뭔가를 자르는 음향이 흘렀다.

"……"

어둠 속이지만 풍건의 눈에는 바위 윗부분이 두 뼘 크기로 뭉텅 잘라졌다가 바닥으로 떨어지는 광경이 똑똑히 보였다.

풍건은 아무 말도 하지 못하고 계류 건너 바위만 망연자실 바라볼 뿐이다.

그가 있는 곳에서 계류 건너 바위까지는 족히 이십 장이 되고도 남았는데 그런 어마어마한 거리의 표적을 아주 간단하게 명중시킨 것이다.

풍건은 이 정도의 엄청난 무공, 아니, 신공이 존재한다는 말조차 들어본 적이 없었다.

이런 상황에서는 절대로 그러면 안 되는데도 그는 지금 당장 죽어도 여한이 없을 정도로 감격하고 말았다. 그리고 진검룡에게 무한한 존경심이 생겼다.

진검룡이 계류 건너의 바위 윗부분을 잘라낸 것을 본 사람은 풍건과 민수림, 청랑뿐이다.

대저 어느 뉘라서 이십 장 거리의 바위를 뭉텅, 그것도 맨손으로 잘랐을 것이라고 생각하겠는가.

너무 으스대고 뻐겨서 어깨뼈가 튀어나올 것 같은 기분의 진검룡은 순정강검으로 풍건의 어깨를 가볍게 두드리며 의기양양한 얼굴로 말했다.

"어떠냐?"

풍건은 정신을 차리지 못한 채 중얼거렸다.

"조금 전 그것은 검기입니까?"

진검룡이 어떻게 대답해야 할지 말을 고르고 있는데 풍건이 다시 말했다.

"아니… 바위를 그처럼 간단하게 자른 걸 보면 분명히 검강이겠지요?"

그가 아는 무공 상식으로는 검에서 발출되는 것은 검기와 검강 두 가지다.

그리고 저렇게 먼 거리의 바위처럼 단단한 것을 단번에 자를 수 있는 것은 검강이다.

진검룡은 고개를 끄떡였다.

"뭐… 그렇지."

순정강이 강기니까 검에서 발출되면 검강 맞다. 진검룡은 될 수 있으면 거짓말을 하지 않는 성격이다.

그때 민수림이 진검룡을 가볍게 꾸짖었다.

[건방진 모습은 저 사람을 수하로 거두는 데 추호도 도움이 되지 않아요.]

'앗!'

진검룡은 자신이 지나칠 정도로 우쭐댔다는 사실을 깨닫는 즉시 속으로 비명을 지르며 금세 온순한 표정을 짓고 굽실거렸다.

[죄지었어요? 왜 그래요? 허리 펴요.]

'흠흠!'

진검룡은 머쓱한 얼굴로 허리를 펴며 굽실거리는 것을 멈추고 근엄한 표정을 지었다.

"어떠냐?"

진검룡이 갑자기 왜 이러는 것인지 풍건은 좀 헷갈리는 표정을 지었다.

진검룡이 조금 전까지 눈꼴실 정도로 거들먹거리더니 그다음엔 죄라도 지은 것처럼 굽실거리고 이제는 갑자기 근엄한 모습이지 않은가.

풍건은 이곳에 있는 자신의 수하가 이백여 명이나 되지만 진검룡 혼자서 일각 안에 몰살시킬 수 있다고 판단했다. 우내 십절에 버금가는 초극고수에게 곤산파 문하고수 정도는 천 명이라도 상대가 되지 않을 것이다.

결말을 뻔히 알면서도 수하들에게 공격하라고 명령하는 것은 우매한 우두머리다.

풍건은 진검룡에게 정중한 어조로 말했다.

"혈도를 풀어주시오."

그가 다짜고짜 혈도를 풀어달라는데도 진검룡은 일말의 고

민도 없이 가볍게 고개를 끄떡였다. 그의 의도를 짐작하기 때문에 믿는 것이다.

투툭…….

진검룡은 손 하나 까딱하지 않았는데도 풍건의 마혈이 저절로 풀린 것처럼 해혈됐다.

사실 민수림의 솜씨지만 그녀가 손가락 하나 까딱하지 않고 무형지기를 발출했으므로 풍건은 진검룡이 풀어준 것이라 생각했다.

그래서 풍건은 진검룡이 과연 반박귀진에 이른 초극고수가 맞다고 다시 한번 감탄했다.

풍건은 앞으로 세 걸음 걸어 나가서 멈추고는 수하들을 둘러보면서 웅혼한 목소리로 명령했다.

"정렬하라!"

수하들이 웅성거리면서 움직이고 있는데 누군가 쩌렁한 목소리로 외쳤다.

"장문인! 어째서 정렬하라는 것입니까?"

그렇게 외친 인물은 수하들의 뒤쪽에 서 있는데 야트막한 돌이나 바위에 올라서 있는지 키가 매우 커 보였다.

풍건은 그자를 보면서 미간을 좁혔다.

"싸움을 그만두고 문파로 돌아갈 것이다."

호리호리한 체구에 광대뼈가 튀어나온 강퍅한 인상의 그자는 눈살을 찌푸렸다.

"저놈들을 죽이라는 남천의 명령은 어찌합니까? 이대로 돌아가면 중벌을 면하지 못합니다!"

"불복한다."

풍건은 이곳에서 자신을 비롯한 수하 이백여 명이 전원 몰살을 당하느니 차라리 검황천문의 중벌을 받는 편이 훨씬 낫다는 결정을 내렸다.

날카롭게 힐문하고 있는 인물은 곤산파 총전주로서 장문인 풍건에 이어 이인자의 지위에 있다.

그는 곤산파 총전주이지만 검황천문에 충성하고 있는 것으로 문파 내에서 잘 알려져 있다.

"이유가 뭡니까?"

풍건은 검황천문이 자신보다 총전주를 더 신뢰하고 있다는 사실을 잘 알고 있다.

"싸우면 본 파가 몰살하기 때문이다."

총전주 갈엽(鞨燁)은 어이없다는 표정을 지었다.

"누구한테 말입니까? 저 애송이 세 연놈들한테 우리가 몰살당한다는 겁니까?"

"그렇다."

"푸후후! 장문인 머리가 어떻게 된 거 아닙니까?"

풍건이 거기에 대해서 설명을 하려는데 총전주 갈엽이 파안대소를 터뜨렸다.

"푸핫핫핫핫! 왜 이러십니까? 장문인께서 마침내 망령이 난 겁니까?"

"하하하하!"

그러자 이백여 수하들 중에서 와르르 따라서 웃는 자가 절반 이상이나 됐다.

말하자면 문하고수들이 장문인을 비웃고 있는 것인데 그들은 대부분 갈엽을 따르는 자들이다.

갈엽이 손을 들어 문하고수들의 웃음을 멈추게 하고는 풍건에게 정색으로 물었다.

"장문인, 방금 한 말이 진심입니까?"

그는 수하가 문파의 지존인 장문인에게 갖춰야 할 최소한의 예의마저 갖추지 않았다.

"진심이다. 왜냐하면……."

"변명 따윈 듣지 않겠습니다! 지금 이 순간부터 귀하의 곤산파 장문인 지위를 박탈하겠습니다!"

"총전주! 네가 감히!"

풍건이 분노하는데도 갈엽은 추호의 흔들림 없이 냉랭하게 말을 이었다.

"그것은 남천이 내게 준 권한입니다! 거역하면 귀하를 적으로 간주하겠습니다!"

검황천문이 갈엽에게 준 권한으로 장문인직을 박탈하다니, 풍건은 그런 권한 따위는 추호도 모르고 있다가 뒤통수를 얻어맞은 기분이다.

그렇지만 총전주가 거짓말을 하진 않았을 것이다. 검황천문이라면 그러고도 남는다.

"이놈! 헛소리 집어치워라!"

풍건은 자신의 명령 한마디면 미친 수작을 부리고 있는 갈엽을 가라앉힐 수 있다고 믿었다.

자신에게는 곤산파의 믿음직스러운 문하고수가 이백여 명이나 있기 때문이다.

풍건은 갈엽을 가리키며 수하들에게 명령했다.

"저자를 제압하라!"

그런데 어찌 된 일인지 움직이는 수하가 한 명도 없어서 풍건은 자신의 눈을 의심했다.

문하고수 절반은 득의한 미소를 지으며 꼼짝도 하지 않았고, 나머지 절반은 눈치를 살피며 주춤거렸다.

득의한 미소를 짓는 절반은 갈엽을 따르는 수하들이고 눈치를 살피는 절반 중에는 풍건을 따르는 수하도 있고 이도저도 아닌 수하들도 있다.

풍건은 자신의 명령을 따르는 수하가 한 명도 없는 것을 보고 어이없는 표정을 지었다.

문하고수들 중에서 장문인의 명령에 따르고 싶은 사람이 있다손 쳐도 지금은 갈엽의 눈치를 봐야만 하는 상황이라서 섣불리 움직일 수가 없는 것이다.

갈엽이 곤산파 이인자로서 까칠한 성격이고 장문인인 자신에게 엄격하다는 사실은 알고 있었지만 그가 이 정도로 문파 내의 실세일 줄은 예상하지 못했다. 그는 어느새 문파를 거의 장악하고 있었던 것이다.

진검룡은 상황이 예상했던 것과는 달리 이상하게 돌아가고 있음을 간파했다.

어쨌든 한 가지 분명한 것은 풍건이 장문인으로서의 지휘권을 잃었다는 것이다.

그래서 곤산파 문하고수들을 물러서게 만들지 못할 것이다.

진검룡이 민수림을 쳐다보자 그녀가 전음으로 물었다.

[어떻게 할 건가요?]

[쓸어버려야지요.]

진검룡이 당연하다는 듯 대답하자 민수림은 차분하게 한 수 가르쳐 주었다.

[아마도 총전주라는 자를 죽이면 대세가 장문인 쪽으로 기울 것 같아요.]

진검룡은 미심쩍은 표정을 지었다.

[설마 그렇게 간단하겠습니까?]

민수림이 예쁘게 살짝 미소 지었다.

[해보세요.]

곤산파 문하고수 이백여 명이 장문인 풍건의 명령에 불복하고 있는 판국인데, 총전주 한 명을 죽인다고 해서 한순간에 대세가 장문인에게 기울 것이라는 게 진검룡은 도저히 납득이 가지 않았다.

아니, 믿을 수가 없다. 지금 이 문제는 그렇게 간단한 것 같지가 않았다.

득의한 표정의 갈엽은 풍건과 진검룡들을 가리키면서 곤산파 문하고수들에게 명령했다.

"저들을 모조리 죽여라!"

우르릉!

"크억!"

바로 그 순간 마치 하늘이 노한 것처럼 우렛소리가 터지더니 답답한 신음 소리와 함께 갑자기 갈엽의 상체가 뒤로 벌렁 자빠졌다.

근처에 있는 문하고수들이 급히 쳐다보자, 내동댕이쳐져서 나지막한 바위 뒤 자갈 바닥에 벌렁 누워 있는 갈엽의 목 한가운데에 엄지손톱 크기의 구멍이 뻥 뚫려 있으며 거기에서 피가 콸콸 쏟아졌다.

"끄으으……."

갈엽은 아직 숨이 끊어지지 않아서 잠시 동안 온몸을 푸들 푸들 떨면서 가래 끓는 소리를 내다가 두 눈을 크게 뜨고 입을 벌린 채 죽었다.

곤산파 문하고수들 사이에 질식할 것 같은 무거운 침묵이 한동안 흘렀다.

진검룡은 풍건에게 고갯짓을 해 보였다.

[내가 얼마나 더 해주기를 바라는 것이냐?]

'아……!'

풍건은 우둔한 인물이 아니라서 즉시 진검룡의 의도를 알아차리고 수하들을 향해 성큼성큼 걸어갔다.

진검룡과 민수림, 청랑은 나란히 서서 이제부터 풍건이 어떻게 할지 지켜보았다.

풍건이 다가오자 수하들이 우르르 길을 열어주었으며 그는 곧 죽어 있는 갈엽 앞에 당도했다.

총전주 갈엽이 살아 있을 때와 죽었을 때는 큰 차이가 있다. 권력이란 죽은 자에게는 머물지 않는다.

풍건은 조금 전까지만 해도 자신을 배신하거나 도움을 주지 않았던 수하들에게 둘러싸였으며, 그래서 진검룡 등과 차단되었지만 조금도 두려워하지 않았다.

풍건은 갈엽이 숨이 끊어졌음을 확인한 후에 갈엽 주위에 둘러서서 자신을 경계하듯 쏘아보고 있는 세 명을 날카롭게 훑어보았다.

그 세 명은 곤산파 네 개의 전(殿) 중에서 세 개의 전을 담당하는 전주(殿主)들이다.

또한 그들 세 명이 죽은 갈엽의 심복이며 최측근이다. 전에는 자세히 몰랐으나 이제는 분명해졌다.

평소에 이들 세 명은 겉으로 드러나는 행동을 하지 않았지만 갈엽의 심복이었다는 사실을 생각하면 다른 것은 미루어서 짐작할 수가 있다.

풍건은 세 명의 전주에게 나직하지만 위엄 있는 얼굴과 목소리로 명령했다.

"꿇어라."

세 명의 전주는 움찔했으나 꿇지 않고 사나운 표정으로 주위를 둘러보았다.

그러자 세 명의 전주를 따르는 문하고수들이 빠르게 그들 곁으로 모여들었다.

그들은 모이면서 다른 문하고수들을 쳐다보며 빨리 모이라고 눈짓을 해 보였다.

그러나 그들의 의도와는 달리 모이려는 문하고수는 한 명도 없었다.

반면에 확실하게 세 명의 전주 편이 아닌 문하고수들은 모여드는 자들만큼 빠른 동작으로 그들과 멀어졌다.

잠시 후에 두 편이 극명하게 갈라졌으며 세 명의 전주를 비롯한 배신의 세력은 이십여 명에 불과하고 나머지 전체는 풍건 쪽에 모였다.

그렇지만 풍건으로서는 조금도 기분 좋은 표정이 아니다. 오히려 씁쓸함을 억누르는 찌푸린 얼굴이다.

조금 전에 수하들이 어떤 행동을 했었는지 너무나 잘 알고 있기 때문이다.

이런 상황이 됐는데도 곤산과 문하고수들 중에 움직이지 못한 채 뻣뻣하게 서 있는 자가 십육 명이다.

조금 전에 민수림이 장력과 함께 세풍을 발출하여 마혈을 제압했기 때문이다.

민수림은 즉시 세풍 여러 줄기를 발출하여 십육 명의 마혈을 한꺼번에 풀어주었다.

第三十六章

술주정하면 생기는 일

다행히 마혈이 풀린 십육 명은 풍건 쪽으로 몰려가서 섰다.

풍건이 세 명의 전주와 그를 추종하는 자들을 쓸어 보면서 위엄 있게 말했다.

"이것이 마지막 기회다. 당장 무릎 꿇지 않으면 죽음으로 다스리겠다!"

세 명의 전주를 중심으로 모여든 자들의 절반 이상은 슬금슬금 세 명의 전주 눈치를 보고 그중에 십칠 명이 천천히 무릎을 꿇었다.

그러자 세 명의 전주를 제외한 나머지 다섯 명도 앞다투어 무릎을 꿇었다.

이제 남은 것은 세 명의 전주뿐인데 그들은 당당하게 서서 풍건을 쏘아보다가 그중 한 명이 말했다.

"장문인께선 남천의 명령을 불복하고 어쩔 셈입니까? 무슨 대책이라도 있습니까?"

"남천에는 내가 따로 말할 것이다."

"무슨 말을 한다는 것이오?"

풍건은 단호하게 자르듯이 말했다.

"너희는 마지막 기회를 저버렸다."

세 명의 전주는 움찔했다가 그중 한 명이 자갈 바닥에 몸을 던지듯이 무릎을 꿇었다.

그 순간 서 있던 두 명의 전주가 갑자기 몸을 돌려 계류 하류 쪽을 향해 전력으로 달리기 시작했다.

그들이 도주할 것이라고는 예상하지 않았기에 풍건은 흠칫했다가 즉시 신형을 날려 그들을 추격하며 외쳤다.

"죽여라!"

그러나 두 명의 전주가 워낙 갑작스럽게 도망치기 시작했으며, 풍건은 어깨에 중상을 입은 상태라서 경공이 원활하지 않고, 그 외에 추격하는 문하고수들은 두 명의 전주보다 하수라서 금세 거리가 쭉쭉 벌어졌다.

두 명의 전주 거리가 칠팔 장으로 멀어졌을 때 민수림이 진검룡의 팔을 잡고 도주하는 자들 허공 쪽을 향해 비스듬하게 집어 던졌다.

휘익!

[죽여요.]

진검룡은 순식간에 지상에서 십여 장 높이 밤하늘로 비스듬히 솟구쳐 올랐다.

풍건은 자신의 머리 위 밤하늘에서 진검룡이 쏘아 오르는 것을 발견하고 흠칫했다.

그가 쳐다보고 있는 사이에 진검룡이 도주하는 두 명의 전주를 향해 오른손을 뻗었다.

풍건은 그걸 보고 진검룡이 무형검으로 검강을 발출하는 것이라고 짐작했다.

츠츳…….

진검룡의 중지와 검지에서 두 개의 순정강이 발출됐으며 풍건 눈에는 반투명한 빛줄기가 무형검의 검강처럼 보였다.

두 개의 순정강은 비스듬히 내리꽂혀서 전력으로 도주하고 있는 두 전주의 뒤통수를 꿰뚫었다.

퍼퍽!

"큭!"

"커윽!"

두 명의 전주는 달리는 속도 때문에 엎드린 자세로 붕 날아 갔다가 바닥에 패대기쳐졌다.

사태가 정리되고 난 후 풍건은 수하 이백여 명을 먼저 하산시키고 자신 혼자만 남았다가 진검룡 앞에 정중한 자세로 무릎을 꿇었다.

"누구신지 말씀해 주십시오."

풍건은 전광신수를 죽이라는 검황천문의 명령에 불복했기 때문에 돌아가면 중벌을 면하지 못할 것이라고 예상했다.

예상할 수 있는 중벌 중에 가벼운 것은 그가 곤산파 장문인 자리에서 해임되는 것이며 무거운 것은 곤산파의 봉문(封門)이나 해체다.

풍건 한 명이 장문인 자리에서 물러나는 것으로 해결된다면 기꺼이 따를 수 있겠지만 곤산파를 해체하는 것은 받아들일 수 없는 일이다.

그러나 검황천문이 곤산파를 해체하라고 명령한다면 풍건으로서는 거스를 힘이 없다.

검황천문을 거스르는 것은 죽음보다 더한 형벌을 각오해야 하는 일이다.

나 하나 죽는 것으로는 절대로 끝나지 않고 가족이나 친지들이 두고두고 고통을 당하는 것이야말로 죽음보다 더한 형벌이라고 할 수 있다.

풍건은 자신이 중상을 입었더라도 앞뒤 가리지 않고 수하들에게 진검룡과 민수림, 청랑을 죽이라고 명령할 수 있었지만 그렇게 하지 않았다.

이제 와서 생각해 보면 그 선택은 정말 현명했다. 만약 공

격 명령을 내렸더라면 풍건을 비롯한 곤산파 문하고수 이백여
명은 동천목산 산중에 뼈를 묻고 말았을 것이다. 그것은 검황
천문의 명령에 불복하는 것보다 더한 결과다.

그래서 풍건은 그 결정을 내렸던 것에 대해서 추호도 후회
하지 않는 것이다.

야트막한 바위에 앉은 진검룡은 풍건을 응시하며 명랑한
목소리로 말했다.

"나는 진검룡이야."

"그러시군요."

풍건이 궁금한 것은 진검룡의 신분이나 어떻게 해서 그런
초절정 신공을 갖게 되었는지 같은 것인데 그가 단지 이름만
밝혀서 조금 실망했다.

하지만 진검룡이 자세한 것을 밝히기 꺼려 한다고 생각하
여 더 캐묻지 않았다.

풍건은 수하들이 하산해서 기다리고 있기에 오래 머무를
수가 없는 상황이다.

"어째서 나를 살려주셨습니까?"

진검룡이 마음만 먹으면 그를 비롯한 모두를 죽일 수 있다
고 믿는 풍건이다.

진검룡은 솔직하게 대답했다.

"너를 수하로 거두고 싶기 때문이다."

"아……."

조금도 예상하지 못했던 말에 풍건은 적잖이 놀라서 안색이 변했다.

　지금 같은 상황에서 풍건으로서는 궁금한 것들이 한둘이 아닐 것이다.

　그런데도 그는 아무것도 묻지 않았다. 성급한 성격이 아니기 때문이다. 그래서 때가 되면 궁금한 것들을 알게 될 것이라고 생각했다.

　진검룡이 진지한 눈빛으로 물었다.

　"내게 오겠느냐?"

　풍건은 무릎을 꿇은 채 고개를 숙이며 정중하게 말했다.

　"어디에 계신지 말씀해 주시면 찾아뵙겠습니다."

　그의 언행은 지극히 공손했다.

　그렇지만 진검룡은 슬쩍 미간을 좁혔다. 수하가 되려면 지금 당장 되는 것이지 어째서 나중에 찾아오겠다고 하는 것인지 모르기 때문이다.

　그때 민수림이 전음을 보냈다.

　[우리가 있는 곳을 알려주세요. 그는 곤산파를 정리하고 검황천문에서 내리는 벌을 깨끗하게 받고 난 후에 검룡에게 오려는 거예요.]

　"……"

　진검룡은 뭔가 뜨거운 것이 가슴 한복판으로 확! 하고 밀려들어오는 것을 느꼈다.

'이자는 진짜배기 사내다!'

아까 민수림이 풍건을 수하로 거두라고 말했을 때에도, 그리고 곤산파하고의 일이 뜻한 대로 흘러갈 때에도 진검룡은 풍건을 수하로 거두는 것에 대해서 그다지 흥미를 느끼지 못했었다.

그런데 방금 민수림이 한 말에서 진검룡은 뜨거운 열사폭풍 같은 것이 온몸을 휩싸는 느낌을 받았다. 이런 느낌은 평생 처음이다.

수하가 되려고 작정했다면 지금 당장 진검룡 휘하에 들어도 될 텐데 풍건은 그러지 않겠다는 것이다.

자신이 해결해야 할 일들을 다 처리하고 나서 홀가분하고 떳떳하게 수하가 되겠다는 얘기다.

말하자면 언젠가 상전이 될 진검룡에게 추호의 폐라도 끼치지 않겠다는 뜻이다.

학문이 짧고 경험이 일천한 진검룡은 대저 이런 종류의 사람이 존재한다는 사실조차도 들어본 적이 없었다. 얼마나 강직하고 뒤끝이 깨끗한 인물인가.

진검룡이 격하게 감격한 표정이지만 풍건은 고개를 깊이 숙이고 있어서 보지 못했다.

진검룡은 뭐라고 말해야 할지 잠시 생각하다가 손을 뻗어 풍건의 어깨에 얹었다.

"항주 십엽루에서 날 찾으면 된다. 기다리겠다."

풍건의 뜻을 존중하는 것이 그를 모욕하지 않는 것이라는 생각이 들었다.

풍건은 더욱 깊이 고개를 숙였다.

"곧 다시 찾아뵙겠습니다."

진검룡은 풍건을 대수롭지 않게 생각했는데 이제는 그의 한마디 한마디가 다 충심으로 들리면서 가슴 한가운데 콱콱 꽂혀 들었다.

나이를 떠나서 이 사람이야말로 진정한 친구나 최측근으로 여겨졌다.

"몸조심해라."

"감사합니다."

풍건이 떠나고 나서 진검룡과 민수림은 온천탕 옆 모닥불로 돌아와서 앉고 청랑이 부지런히 마른 나뭇가지를 모아 와서 불을 피웠다.

민수림이 모닥불에서 뚝 떨어진 곳에 서 있는 청랑을 손짓으로 불렀다.

"랑아, 이리 오너라."

"네!"

청랑이 깜짝 놀라더니 급히 달려와서 민수림 옆에 공손히 시립했다.

청랑은 진검룡과 민수림의 관계를 모르고 또 알려고 하지도 않지만, 진검룡이 민수림에게 껌뻑 죽으므로 그녀를 진검룡 보듯이 하는 것이다.

"너 마지막 식사는 언제 했느냐?"

"……."

민수림의 물음에 청랑은 대답하지 않았다.

진검룡은 민수림이 어째서 그런 시시콜콜한 걸 묻는지 이유를 알지 못했다.

진검룡에게 구명지은의 큰 은혜를 입었다고 믿고 있는 청랑은 그의 종이 되겠다고 자처했으니까 여종이다.

진검룡이나 민수림은 여종의 식사까지 챙겨야 할 만큼 한가한 사람이 아니다.

민수림이 부드럽게 청랑을 채근했다.

"대답해라."

청랑은 머뭇거리다가 진검룡의 눈치를 한 번 보고는 기어드는 목소리로 대답했다.

"이틀 전 항주 서호의 집에서 저녁 식사를 한 것입니다."

"뭐어?"

민수림이 뭐라고 하기도 전에 진검룡이 놀라서 어이없는 일성을 터뜨렸다.

그는 정말 어이없고 화가 나서 청랑을 꾸짖었다.

"야, 인마! 이틀 동안이나 뭐 하느라고 끼니를 굶은 거야? 너 바보 멍청이냐? 배 안 고파?"

진검룡의 호통에 청랑은 어쩔 줄 모르고 당황했다.

"주인님… 저는……."

청랑은 이곳 동천목산에 온 이후 진검룡에게서 한시도 시선을 떼지 않느라 뭘 먹을 겨를이 없었다.

아니, 설사 그럴 만한 겨를이 있었다고 해도 애초에 먹을 것을 챙기지 않았으니 먹을 수 있을 리가 없다.

"이리 와라."

진검룡은 일어났다가 청랑의 손을 잡고 자신의 옆에 앉히고는 서둘러 봇짐을 풀어 먹을 것을 꺼냈다.

그는 마른 소고기와 건량, 떡, 구운 오리를 줄줄이 꺼내서 바닥의 납작한 돌 위에 늘어놓고 그 돌을 들어서 모닥불 위에 조심스럽게 얹었다.

"금방 데워질 테니까 먹어라."

그는 민수림이 어째서 청랑에게 그런 시시콜콜한 걸 물었는지 그제야 알게 되었다.

진검룡은 서호 집에서 독보나 장한지를 챙기듯이 오리고기를 쭉 찢어서 청랑에게 내밀었다.

"자, 어서 먹어라."

얼떨결에 오리고기를 받아놓고 청랑은 물끄러미 진검룡을 바라보기만 했다.

"뭘 쳐다보느냐?"

"기분이 이상해요."

"왜?"

청랑은 눈을 파르르 떨었다.

"누군가 저를 챙겨주는 것이 난생처음인 것 같아요… 눈물이 날 것만 같아요."

"너… 기억을 잃었다면서?"

"네, 그런데 이런 기분이 처음인 것 같아서요……."

진검룡은 왠지 청랑이 무척 외롭게 자랐을 것 같다는 생각이 들었다.

진검룡이 민수림을 쳐다보며 물었다.

"이제 우리는 뭘 합니까?"

민수림이 손을 내밀었다.

"술 주세요."

진검룡은 조금 어이없는 표정을 지었다.

"술 더 있는지 어떻게 알았습니까?"

민수림은 당연하다는 듯 말했다.

"검룡이 하루치 술만 가져왔을 리 없으니까요."

진검룡은 봇짐에서 술병을 꺼내며 중얼거렸다.

"음, 수림은 귀신이 다 됐습니다."

민수림은 방그레 미소 지으며 술병을 받았다.

"검룡은 파악하기 쉬운 성격이에요."

진검룡은 술병 하나를 더 꺼내면서 오리고기를 먹고 있는 청랑에게 물었다.

"랑아, 너 술 마시느냐?"

청랑은 애매한 표정을 지었다.

"모르겠어요."

진검룡은 술병째 한 모금 마시고는 술병을 청랑에게 내밀면서 약간 명령조로 말했다.

"그럼 마셔봐라."

*　　　　　*　　　　　*

청랑은 기억을 잃기 전에는 술을 한 방울도 마시지 못했던 것이 분명했다.

그녀는 일각 전에 진검룡이 내민 술병 주둥이에 입을 대고 매우 조심스럽게 그저 꼴깍… 하고 한 모금을 마셨을 뿐이다.

그러더니 다섯 호흡쯤 지난 후부터 보다시피 저렇게 행짜를 부리고 있는 것이다.

청랑은 일어서서 몸을 흔들거리며 한쪽 손을 허리에 얹고는 다른 손에 술병을 쥐고 그걸로 진검룡을 가리키면서 사납게 떠들었다.

"딸꾹……! 얀마! 너 이름이 진검룡이랬지? 앞으로 나한테 누나라고 불러라, 엉?"

진검룡이 대답이 없자 청랑은 한 대 걷어찰 것처럼 허공에 발길질을 해댔다.

"야! 짜샤! 너 누나 말 못 들었냐? 딸꾹… 대답 안 해?"

"으휴… 저걸 그냥!"

진검룡이 한 대 때릴 것처럼 주먹질을 하자 청랑이 그걸 보고는 다가와서 그의 머리를 쥐어박았다.

콩!

"딸꾹……! 이 자식이 누나한테!"

콱!

"이게 정말……."

진검룡이 청랑의 팔을 잡고 벌떡 일어나자 민수림이 술을 마시며 조용히 말했다.

"어쩌려고요?"

"혼혈을 눌러서 재워야겠습니다."

진검룡은 민수림에게 혈도를 배웠기 때문에 혼혈을 누르는 것은 아주 간단하다.

민수림이 조용히 말했다.

"술주정한다고 혼혈을 누르는 건가요?"

진검룡은 당연하다는 듯 말했다.

"그럼 이 꼴을 두고 봐야 합니까?"

민수림은 가볍게 코웃음을 쳤다.

"홍! 그렇다면 검룡이 술주정을 할 때마다 혼혈을 눌러서 재워야겠군요?"

"앗!"

진검룡은 놀라서 짧게 비명을 질렀다. 생각해 보니까 그도 술주정을 한다.

그게 상대가 민수림일 때만 하는 술주정이다. 술만 마시면 엉큼한 흑심이 발동해서 그녀에게 치근대는 게 그의 술주정이라면 술주정이다.

진검룡은 청랑을 옆에 앉히고 그녀가 발작하지 못하도록 두 손을 그러모아서 한 손으로 움켜잡았다.

"그… 렇죠, 뭐. 술주정한다고 다 혼혈을 누른다는 것은 너무 삭막한 처사죠. 하하하!"

"야! 이놈 검룡아! 딸꾹! 누나 손은 왜 잡고 그러냐? 빨리 안 놓을래?"

취해서 얼굴이 새빨개진 청랑이 머리로 진검룡의 옆머리를 쿵쿵 박으면서 발버둥 쳤다.

청랑에게 옆머리를 몇 대 쥐어박히고서야 진검룡은 자신이 술만 마시면 민수림을 얼마나 괴롭혔는지 느끼게 되었다.

진검룡은 청랑이 너무 날뛰니까 술병 주둥이를 그녀 입에 푹 꽂아주었다.

"아냐! 술이나 더 마셔라."

"읍!"

청랑은 화들짝 놀랐으나 반항하지 않고 몇 모금 꿀꺽꿀꺽 마셨다.

"카아아……"

진검룡이 입에서 술병을 뽑자 청랑은 괴상한 소리를 내고 나서 그를 쳐다보았다.

"너… 검룡 이 자식……"

그런데 그녀의 눈동자가 가운데로 몰리는 것 같더니 그에게로 풀썩 쓰러졌다.

"허어……"

진검룡은 자신의 다리를 베고 누워서·잠이 든 청랑을 신기한 듯이 굽어보다가 민수림을 쳐다보았다.

"이런 경우도 있군요."

청랑은 술을 한 모금 마시면 주정을 하고 두 모금 마시면 뻗어버린다.

민수림은 금세 곤히 잠든 청랑을 바라보며 미소 지었다.

"잠든 모습이 아기처럼 순수해요."

진검룡은 빙그레 웃었다.

"잠든 모습은 수림이 더 귀엽습니다."

민수림이 그를 흘겼다.

"또……"

진검룡은 너스레를 떨었다.

"어디 귀엽다 뿐입니까? 수림이 잠든 모습이 얼마나 예쁜지 아십니까?"

그의 실없는 입을 막으려는 듯 민수림이 술병을 내밀었다.

"술이나 마셔요."

진검룡이 술병을 내밀어 가볍게 부딪쳤다.

쨍!

"우리의 사랑을 위하여."

민수림이 깜짝 놀라서 커다란 눈을 더 크게 뜨고 그를 바라보았다.

진검룡은 내친김에 한번 똥배짱을 부려봤다.

"나는 진심으로 수림을 사랑합니다. 수림은 날 사랑하지 않습니까?"

"……"

진검룡은 내친김에 똥배짱을 부려놓고 보니까 이제는 민수림의 속마음을 듣고야 말겠다는 되지도 않은 객기가 생겨났다.

"말해보십시오. 수림이 대답하기 전에는 절대로 물러나지 않겠습니다."

"검룡, 당신 정말……"

민수림은 어제 무릎으로 진검룡의 엉덩이를 걷어찬 것 때문에 중요 부위가 터졌는지 아닌지를 확인하려고 아랫도리를 벗겨놓고 직접 눈으로 확인까지 했다.

대저 그 당시에 그녀가 아무리 의원의 마음으로 그랬다고 변명을 해도 그를 좋아하는 마음이 없었다면 절대로 그럴 수 없는 일이다.

그래서 그녀는 그런 자신의 마음을 진검룡이 대충 알아주었으면 좋겠는데, 꼭 이런 식으로 이거 아니면 저거라며 확인을 하려고 들이대니까 난감하기 짝이 없다.

"수림, 어서 대답하십시오."

진검룡은 어젯밤에 지금처럼 똑같이 굴다가 민수림이 온천탕을 통째로 날려 버리겠다고 해서 꼬리를 감췄던 사실을 까맣게 잊고 있다. 그는 한번 폭주를 시작하면 도대체 멈출 줄을 모르는 성격이다.

"어쩔 겁니까? 내 혼혈을 눌러서 재울 겁니까?"

"이것 보세요, 검룡."

"보고 있습니다."

민수림은 차분한 얼굴로 말했다.

"어제 우리가 무슨 대화를 나눴죠?"

"무슨 대화 말입니까? 많은 대화를 나눴죠."

"무슨 일이 있어도 검룡 곁을 떠나지 않겠다고 내가 약속하지 않았던가요?"

"어……."

진검룡은 머리가 띵한 표정을 지었다.

"내가 기억을 되찾아도 검룡 곁을 떠나지 않겠다고 말한 약속으로는 부족한 건가요?"

"그게……."

진검룡은 말문이 막혔다. 세상천지에 그보다 더한 사랑의 약속이 어디에 있다는 말인가.

그런데도 그는 사랑하느냐 아니냐를 꼭 말로 들어야 한다면서 바락바락 고집을 피우고 있는 것이다.

그는 고개를 꾸벅 숙였다.

"죄송합니다."

"괜찮아요."

진검룡이 살짝 고개를 들고 히죽 웃었다.

"그러니까 날 사랑한다고 수림 입으로 한마디만 살짝 해주면 안 되겠습니까?"

퍽!

"캑!"

결국 민수림의 주먹이 진검룡의 관자놀이를 강타하고 말았다.

민수림에게 한 대 얻어맞고 혼절한 진검룡은 두 시진 뒤에야 정신을 차렸다.

"……!"

눈을 뜬 그는 깜짝 놀랐다.

숯불이 발갛게 살아 있는 모닥불 옆에 반듯한 자세로 누워 있는 그의 양쪽에 민수림과 청랑이 곤히 자고 있는 사실을 깨달았기 때문이다.

술에 취한 두 여자는 똑같이 진검룡의 팔베개를 하고 그를 향해 옆으로 누운 자세로 곤하게 자고 있었다.

술 두 모금에 뻗어버린 청랑은 그렇다 치고 민수림이 만취하여 제 스스로 진검룡 품으로 찾아들어 팔베개를 하고 잠이 들었다는 사실은 충격적이면서도 신선했다.

진검룡은 곁눈질로 민수림을 그윽하게 보면서 기분이 좋아 헤벌쭉 웃었다.

그는 민수림과 마주 보고 옆으로 누워서 그녀를 안으려고 청랑의 팔베개를 빼려고 했다.

"으음……."

그런데 청랑이 달라붙으면서 떨어지지 않으려 하고 그 바람에 민수림도 뒤척거리면서 깨려고 하자 진검룡은 깜짝 놀라서 동작을 멈추고 눈을 감고는 자는 체하며 가만히 있었다.

이후 한 번 더 시도했으나 똑같은 반응이라서 그냥 양쪽에 민수림과 청랑을 안고 잤다.

진검룡과 민수림, 청랑 세 사람은 동천목산 깊은 산골 온천탕 부근에서 한 달 동안 더 머물렀다.

그동안의 가장 큰 변화는 진검룡의 공력이 무려 이백 년 수준이 됐다는 사실이다.

원래 동천목산에 입산했을 때 그의 공력은 백삼십오 년이었는데 지난 한 달 동안 민수림이 그의 체내에 잠재되어 있는 지정극한수와 만천극열수의 순정기를 공력으로 전환시켜 육십오 년의 공력을 더 보탠 것이다.

민수림이 면밀하게 측정해 본 결과 진검룡 체내의 지정극한수와 만천극열수의 순정기는 무한정으로 있어서 언제라도 그의 공력을 더 증진시킬 수가 있다.

그렇지만 지금은 공력보다도 무공을 보완하는 것이 앞서야 한다고 판단했기에 무공 연마에 집중했다.

순정기를 공력으로 변환하는 일은 굳이 이곳이 아니더라도 언제 어디에서도 가능하다.

순정기를 육십오 년 공력으로 변환하는 과정에 여섯 개의 순정강이 더 생겼다.

진검룡이 순정강을 이용해서 무형검을 비롯하여 여러 종류의 무기들을 자유자재로 만들어낼 수 있는 경지에 이르렀기에, 이제 순정강 몇 개가 더 생성됐다는 사실은 별다른 의미가 없는 일이다.

두 번째 변화는 민수림의 가르침으로 진검룡이 청성파의 실전검법 비뢰적하검 사초식을 완벽하게 터득한 것이다.

처음에 민수림은 진검룡이 제아무리 뛰어나더라도 최소한 반년 동안 수련해야지만 비뢰적하검을 완성할 수 있을 것이라고 예상했다.

그러나 진검룡은 그녀의 예상을 뒤엎고 불과 한 달 만에 비뢰적하검을 완벽하게 자기 것으로 만들어 버린 것이다.

민수림을 놀라게 한 일은 그것만이 아니다. 진검룡은 비뢰적하검을 연마하는 틈틈이 하나의 경공술과 또 하나의 보법

을 배웠으며 한 달이 지났을 무렵에는 경공술은 칠 성, 보법
은 육 성의 성취를 이루었다.

진검룡과 민수림이 무공 연마에 전력하는 동안 청랑은 굵
직한 나무들을 잘라 와서 온천탕 근처에 통나무집을 짓기 시
작하여 사흘 만에 완성시켰다.

어설픈 모양의 통나무집이지만 사방의 벽과 지붕이 있고
바닥에는 마른풀이 푹신하게 깔려 있어서 한겨울의 찬바람과
밤이슬을 막아주기에는 충분했다.

물론 자신의 기억 말고는 모르는 것이 없는 무불통지 민수
림이 통나무집 짓는 방법을 하나에서 열까지 자세하게 가르
쳤기에 가능했다.

또한 청랑은 며칠에 한 번 꼴로 동천목산에서 가장 가까운
마을까지 이십여 리 거리를 달려가 식량과 술, 그리고 그때그
때 필요한 생필품들을 사 왔다.

진검룡과 민수림이 무공을 배우고 가르치는 동안 청랑은
두 사람이 불편하지 않도록 정성껏 물심양면 도왔다.

민수림은 내일 아침에 하산하기로 결정했다.

진검룡이 자그마치 이백 년 공력을 지니게 됐고 비뢰적하
검과 대라벽산, 그리고 경공술과 보법을 터득했으며, 무형검인
순정강검을 만들어낼 수준이면 어디에도 꿀리지 않을 것이라
고 판단했다.

민수림이 술을 따라주면서 진검룡을 칭찬했다.

"애썼어요."

"수림이 고생 많았습니다."

민수림은 옆에 앉아서 술잔을 쥐고 자신을 바라보고 있는 진검룡을 보며 방긋 미소 지었다.

"그런 말도 할 줄 아는군요?"

세 사람은 모닥불 가에 앉아서 술을 마시고 있는 중이다.

지난 한 달 동안 하루도 빠짐없이 술을 마셨으며 오늘로써 무공 연마를 마감했는데 술판이 열리지 않을 리가 없다.

진검룡은 벙긋 웃으면서 은근슬쩍 손으로 민수림의 엉덩이를 툭툭 두드렸다.

"모든 게 다 수림 덕분입니다."

민수림은 자신의 엉덩이를 두드리는 진검룡의 손을 잡아서 가볍게 비틀었다.

뽀도독!

"으아악! 팔 부러집니다……!"

"또 그럴 건가요?"

민수림은 한 손에 술잔을 쥔 채 다른 손으로 진검룡의 팔을 잡고는 흔들림 없이 차분하게 말했다.

"끄아아! 뭐… 뭘 말입니까?"

"대답하지 않을 건가요?"

"으아악! 도대체 뭔데 그럽니까?"

진검룡은 뻔히 알면서도 괜한 고집을 부렸다. 설마 그녀가 내 팔을 부러뜨리겠느냐는 오만이 바닥에 깔렸다.

툭⋯⋯.

그때 붙잡힌 진검룡의 오른팔에서 무슨 소리가 나더니 오른팔 전체가 아래로 축 늘어졌다.

第三十七章

풍건을 구하러

"으어어… 이게 뭡니까……?"

오른팔이 어깨 아래에서 제멋대로 덜렁거리며 흔들리자 그는 제정신이 아닌 것처럼 중얼거렸다.

이런 상황에서 그가 생각할 수 있는 것은 단 하나, 자신의 오른팔이 부러졌다는 것이다.

"흐으으… 수림, 지금 내 팔이 부러진 겁니까……? 수림이 부러뜨린 겁니까?"

"또 그럴 건가요?"

진검룡은 오른팔이 흔들거릴 뿐만 아니라 무지하게 아파서 죽을 지경이다.

"으아아! 아파서 죽겠습니다! 수림이 나한테 이럴 줄은 정말 몰랐습니다……!"

민수림은 그가 난리를 피우든 말든 전혀 개의치 않고 술을 마시며 조용히 말했다.

"대답하지 않을 거면 계속 아프세요."

그 광경을 보고 청랑은 당황했지만 민수림에게 대들었다가 뼈저리게 당한 기억이 있으며 자신이 그녀를 절대로 이길 수 없다는 사실을 절감하므로 전전긍긍 어쩔 줄 몰랐다.

진검룡은 오른팔이 지독하게 아파서 차라리 뽑아버리고 싶을 정도다.

그러나 그것보다는 자신이 고통스러워하는 것을 민수림이 관심도 갖지 않는다는 사실이 더 마음 아팠다.

"끄아아! 수림! 내가 죽어도 괜찮습니까?"

민수림은 빈 잔에 술을 따르면서 조용히 말했다.

"또 그럴 건가요?"

진검룡은 결국 고집을 꺾고 굴복했다.

"안 그러겠습니다! 약속합니다! 어서 아프지 않게 해주십시오! 부탁합니다! 수림!"

그는 자신이 고집으로는 민수림을 꺾을 수 없다는 사실을 절실하게 깨달았다.

"약속했어요?"

"네! 약속했습니다! 어서요!"

민수림은 진검룡의 팔꿈치 위쪽을 잡고 이리저리 돌리는 것 같더니 어느 순간 툭! 하고 어깨에 끼워 넣었다.

덜컥!

"으앗!"

"됐어요."

진검룡은 고통이 씻은 듯이 사라지자 어리둥절한 표정을 지으며 물었다.

"어… 떻게 한 겁니까?"

"어깨가 탈골된 것을 제대로 끼워서 넣었어요."

"탈골……."

팔이 부러진 줄 알았던 진검룡은 따지듯이 소리쳤다.

"탈골인데 어째서 그렇게 아팠던 겁니까? 혹시 나한테 다른 짓을 한 거 아닙니까?"

민수림은 청랑이 따르는 술을 받으며 조용히 말했다.

"검룡의 지금 같은 언행이 스스로를 싸구려로 만든다는 사실을 알고 있나요?"

"……."

진검룡은 찔끔해서 물끄러미 민수림을 바라보기만 했다. 사실 그가 하는 말투는 대부분 저잣거리 시절의 것이다.

저잣거리를 떠나 환경이 변했다고 해서 말투까지 단시일에 고쳐지는 것이 아니다.

"한 사람이 대인이 되느냐, 소인이 되느냐는 그 사람의 언행에 달려 있는 것이지 남이 만들어주는 게 아니에요."

민수림은 뜨악한 표정을 짓고 있는 진검룡을 바라보며 일침을 가하듯이 물었다.

"검룡은 만인의 존경을 받는 대인이 되고 싶지 않은가요?"

"나는……."

진검룡은 진지한 표정을 지었다.

"수림의 정인(情人)이 되고 싶습니다."

민수림은 어이없는 얼굴로 진검룡을 바라보다가 피식 실소를 흘렸다.

"그럴 필요 없어요."

진검룡은 깜짝 놀라서 바닥에서 엉덩이를 떼고 여차하면 박차고 일어날 태세를 갖추었다.

"무슨 뜻입니까?"

그가 민수림의 정인이 되고 싶다는데 그녀가 그럴 필요 없다고 말하는 게 정확하게 무슨 뜻인지는 모르겠지만, 왠지 알 수 없는 불길함이 진검룡의 머리와 가슴에 가득 차올라서 터질 것만 같았다.

그는 극도로 긴장하여 민수림을 뚫어지게 주시했다. 그녀의 말 한마디에 그는 절망하거나 안도하게 될 터이다.

민수림은 그의 마음을 모르는 듯 나직하게 말했다.

"검룡은 이미 내 정인이에요."

"……."

진검룡의 심장이 덜컥 정지했다. 그는 설마 민수림이 그렇게 말할 줄은 꿈에도 예상하지 못했다.

그래서 지금 당장 죽는다고 해도 여한이 없을 정도로 기분이 좋고 행복해서 미칠 것 같았다. 머릿속에서 폭죽이 터지고 가슴속이 간질거렸다.

"수림……."

진검룡은 너무 감격한 나머지 금방이라도 울 것 같은 얼굴로 민수림을 바라보았다.

그러다가 온몸을 던지면서 두 팔로 와락 그녀를 끌어안으며 맹수 같은 소리를 냈다.

"어흐흥! 수림!"

그녀의 '검룡은 이미 내 정인'이라는 말에 그는 이성이 마비되고 말았다.

그가 덮쳐오는 바람에 깜짝 놀란 민수림은 반사적으로 발이 튀어 나갔다.

"저리 가요!"

퍽!

"끅!"

가슴 한가운데에 발뒤꿈치 일격을 맞은 진검룡은 그 즉시 혼절했다.

정신을 잃고 있는 그는 민수림이 원망스러웠다.

'끄으으… 정인이라면서 안지도 못하냐?'

진검룡이 다시 깨어났을 때 그는 자신이 누워 있으며 좌우에 민수림과 청랑이 무릎을 꿇은 채 매우 걱정스러운 표정으로 굽어보고 있다는 사실을 알게 되었다.

살짝 실눈을 뜨다가 민수림하고 눈이 마주친 진검룡은 다급히 눈을 감고는 깨어나지 않은 체했다.

그렇지만 너무 창피해서 얼굴이 화끈거렸고 심장이 쿵쿵 뛰어서 아무래도 들킬 것만 같았다.

아니나 다를까 민수림이 잔잔한 목소리로 말했다.

"그렇게 갑자기 달려들면 어떻게 해요……?"

진검룡은 속으로만 항변했다.

'그럼 천천히 달려들면 가만히 있을 겁니까?'

그는 자신이 혼절한 이후 시간이 얼마나 지났는지 궁금했는데, 왜냐하면 시간이 많이 흘렀으면 술이 남지 않았을 것 같기 때문이다.

내일 아침에 하산할 터라 마지막 남은 술 다섯 병을 청랑이 모두 내놓는 것을 아까 봤기 때문이다.

그는 예전에도 술을 좋아했었지만 민수림과 지낸 지난 두 달 동안 하루도 빠짐없이 술을 마셨더니 이제는 술 없이는 살 수 없는 주당이 되고 말았다.

그때 민수림이 차분하게 말했다.

"검룡, 깨어난 것 아니까 일어나세요."

진검룡이 머쓱해서 눈을 뜨고 일어나자 민수림이 책상다리로 자세를 잡으며 자신의 앞쪽을 가리켰다.

"날이 밝아서 하산하기 전에 검룡에게 한 가지 더 가르쳐줄 것이 있어요. 이리 오세요."

진검룡은 민수림에게 무릎걸음으로 다가가면서 주위를 두리번거렸다.

술이 몇 병이나 남았는지 살피려는 것인데 어찌 된 일인지 한 병도 보이지 않았다.

그가 얼마나 오래 혼절했었는지는 모르지만 그사이에 민수림이 술 다섯 병을 다 마신 모양이다.

"뭘 해요. 어서 앉아요."

"아… 네."

민수림의 채근에 그는 씁쓸한 표정을 감추지 못하고 엉거주춤 그녀 앞에 앉았다.

"자, 지금부터 검룡이 할 일은……."

민수림이 중간에 말끝을 흐리더니 갑자기 청랑에게 한쪽 손을 내밀었다.

기분이 울적해진 진검룡이 고개를 푹 숙이고 있는데 그 앞에 민수림의 하얀 손이 쑥 나타났다.

"자, 마셔요."

"……."

진검룡이 눈으로 그것이 무엇인지 확인하기도 전에 독하고 향기로운 주향이 확 끼쳐왔다.

이 산에 있었던 지난 한 달 내내 마신 술의 향기를 잊을 리가 없다.

그의 앞에 내민 민수림의 손에는 술이 찰랑찰랑 담긴 술잔이 쥐어져 있었다.

그가 놀라서 쳐다보자 민수림이 배시시 미소 지었다.

"술 다 마신 줄 알고 실망했나요?"

진검룡은 벌쭉하게 웃었다.

"사실 그랬습니다."

민수림이 예쁘게 눈웃음을 쳤다.

"검룡이 혼절한 지 일각밖에 지나지 않았거든요?"

그녀의 눈웃음이 얼마나 예쁜지 아무리 천인공노할 죄인이 눈앞에 있다고 해도 다 용서해 줄 수 있을 것 같았다.

청랑이 거들었다.

"주인님께서 혼절하신 후에 소저께선 술을 한 잔도 마시지 않으시고 주인님 곁에만 계셨어요."

"그… 그랬니?"

헤벌쭉해진 진검룡은 문득 아까 혼절하기 전에 민수림이 했던 말 즉, 진검룡이 이미 자신의 정인이라는 말이 생각나서 마치 구름 위를 둥둥 나는 것 같은 기분이 됐다.

그는 술잔을 내민 민수림의 하얀 손을 두 손으로 조심스럽게 그러잡고 그녀를 바라보았다.

"이제부터 나를 정인이라고 불러주십시오."

그는 자신이 그렇게 말하면서도 '턱도 없는 소리 하고 있네'라는 생각이 들었다.

그런데 민수림이 얼굴을 살짝 붉히고 눈을 내리깔면서 고즈넉한 목소리로 대답하는 것이 아닌가.

"알았어요."

"에?"

설마 민수림이 그러겠다고 고분고분 대답할 것이라고는 전혀 예상하지 않았던 그가 놀라는데, 그녀도 놀라서 그를 마주 바라보았다.

"왜… 그러세요?"

"정말 이제부터 날 정인이라고 불러줄 겁니까?"

"그렇게 부르라면서요?"

"수림이 언제부터 내 말을 그렇게 잘 들었습니까?"

민수림이 새침한 표정을 지었다.

"알았어요. 그럼 정인이라고 부르지 않겠어요."

"우왓! 갑자기 왜 그럽니까?"

"나는 검룡 말을 듣지 않으니까요."

"수림, 그러지 마십시오."

이후 진검룡이 손이 발이 되도록 싹싹 빌면서 애원했으나 한번 번복한 민수림의 결정을 뒤집지는 못했다.

이른 새벽. 통나무집 안에 진검룡과 민수림이 마주 보는 자세로 앉아 있다.

"검룡 체내에 잠재되어 있는 순정기를 공력으로 변환하는 방법을 알려줄게요."

진검룡은 깜짝 놀랐다.

"그걸 내가 스스로 할 수 있는 겁니까?"

"내가 전에 뭐라고 말했었죠?"

"아! 공력 백팔십 년이 있으면 순정기를 공력으로 변환하는 것이 가능하다고 그랬습니다."

민수림은 가볍게 고개를 끄떡였다.

"용림심법을 일으켜요."

"용림심법으로 하는 겁니까?"

"그래요. 용림심법을 운공조식하는 것과 비슷한데 후반에 방법이 조금 달라요."

청랑이 밖에서 아침 식사를 준비하는 동안 진검룡은 통나무집 안에서 순정기를 공력으로 변환하는 방법을 배웠다.

"수림, 어째서 이쪽으로 가는 겁니까?"

진검룡은 민수림이 방향을 동북으로 잡고서 달리자 의아한 표정으로 물었다.

항주는 동천목산에서 남서쪽 칠십여 리에 있으므로 당연히 남서쪽으로 가야 하기 때문이다.

민수림은 진검룡과 속도를 맞추느라 최대한 느리게 경공을 전개하면서 대답했다.

"검룡은 곤산파에 들르지 않을 건가요?"

진검룡의 머릿속에서 번갯불이 튀었다.

"아……!"

진검룡과 민수림을 죽이러 왔다가 외려 그의 수하가 되기로 한 곤산파 장문인 풍건을 망각하고 있었다.

풍건은 쌍신수(雙神手)인 전광신수와 철옥신수 즉, 진검룡과 민수림을 죽이라는 검황천문의 명령을 따르지 않았기 때문에 거기에 대한 중벌을 받게 될 것이다.

그런데도 풍건은 중벌을 자신이 다 감당하고 나서 항주로 진검룡을 만나러 오겠다고 약속했다.

그래서 진검룡의 가슴을 찡하게 만들었는데도, 그는 한 달이 지났다고 까맣게 풍건을 잊고 있었다.

"미안합니다. 잊고 있었습니다."

진검룡은 변명하지 않고 고개까지 숙이며 사과했다.

"나한테 사과할 게 아니라 풍건이 어떻게 됐는지 알아보고 나서 그가 위험에 처했다면 그를 돕는 게 우선이에요."

"알겠습니다."

진검룡은 자신의 속도와 맞추느라 최대한 느리게 경공을 전개하며 옆에서 달리는 민수림을 그윽하게 바라보았다.

'정말이지 내게 수림이 없다면 나는 아무것도 아니다.'

민수림은 진검룡이 자신의 옆얼굴을 뚫어지게 주시하고 있는 것을 알 텐데도 앞만 보면서 달렸다.

쳐다보고 있는 것을 한번 알은척하면 미끼를 문 것으로 여겨서 그가 끝까지 괴롭히거나 장난을 치기 때문일 것이다.

진검룡은 동천목산 동북쪽에 대해서는 아는 것이 하나도 없어서 민수림에게 물었다.

"얼마나 가야 합니까?"

"곤산까지 이백오십 리예요."

"멀군요."

진검룡은 경공을 전개하면서 물었다.

"곤산까지 얼마나 걸립니까?"

민수림은 그가 달리는 속도를 보고 나서 대답했다.

"내일 늦은 오후쯤 도착하겠군요."

진검룡은 고개를 가로저었다.

"무리입니다. 나는 그렇게 빠르지 못합니다."

이백오십 리 거리인데 내일 늦은 오후에 도착하려면 최소한 지금보다 배 이상 빠른 속도여야 할 것이다.

진검룡이 민수림에게 배운 경공술은 무영능공표(無影凌空飄)이며 무당파의 실전 절학이다.

말 그대로 실전(失傳)이란 전대에서 후대로 이어지지 못하고 끊어져 버린 절학이다.

무영능공표는 사백여 년 전에 무당파에서 실전됐지만 민수림은 열두 살 때 배운 적이 있었다.

일초식은 무영표, 이초식은 능공표이며 무영표는 지상에서 능공표는 허공에서 전개하는 경공, 경신법이다.

*　　　　　*　　　　　*

민수림은 진검룡에게 무영표와 능공표 즉, 무영능공표를 다 가르쳤지만 현재 진검룡이 실제로 전개할 수 있는 것은 무영표이며 그나마도 겨우 일 성 수준이다.

일 성 수준의 무영표이기에 이백오십여 리 거리인 곤산까지 내일 늦은 오후에 도착하는 것은 불가능하다고 지레 엄살을 부리는 진검룡이다.

민수림은 무영능공표를 완성하면 어느 정도 능력을 발휘하는지에 대해서는 말해주지 않았다.

"내가 보기에 검룡이 이대로 줄곧 달린다면 스스로 구결을 깨우치면서 수련을 하게 되어, 오늘 저녁이나 내일 아침 무렵에는 무영표를 이 성쯤 발휘할 수 있을 것 같아요."

진검룡은 귀가 번쩍 뜨였다.

"정말입니까?"

"이 성이면 지금의 두 배 속도가 될 테고 내일 정오 이후에는 그보다 절반쯤 빨라질 테니까 늦어도 내일 늦은 오후 무렵이면 곤산에 도착할 수 있다는 거예요."

"과연……."

민수림을 바라보는 진검룡의 얼굴에 그녀를 존경하는 표정이 떠올랐다.

민수림의 예측은 정확했다.

세 사람은 다음 날 오후 신시(申時: 오후 4시경)쯤 강소성 곤산에 도착했다.

민수림 말대로 곤산에 도착할 즈음에는 진검룡의 경공술 무영능공표가 이 성하고도 조금 더 증진해 있었다.

진검룡과 민수림은 곤산의 곤산파에 볼일이 있어서 가는 길인데, 도중에 이미 곤산파에 대한 소문을 귀가 따가울 정도로 많이 들었다.

곤산이 가까워질수록 곤산파에 대한 소문을 더 많이 듣게 되었으며, 곤산에 도착하자 입을 갖고 있는 사람이라면 어느 누구라도 곤산파에 대해서 말하고 있었다.

소문의 핵심은 곤산파가 봉문했다는 것이다. 그렇지만 소문만으로는 정확하고 구체적인 사실을 알 수가 없어서 곤산파에 직접 가볼 수밖에 없다.

곤산 중심가에 위치한 곤산파의 전문은 굳게 닫혀 있었다.

전문에는 가로세로 십자(+)로 굵고 흰 띠가 쳐져 있으며 띠가 겹치는 부위에는 봉(封)이라는 한 글자가, 나머지 부위 가로에는 엄금(嚴禁), 세로에는 검천(劍天)이라는 시뻘건 글자가 적혀 있었다.

뜻인즉, 검황천문이 곤산파를 봉문시켰으므로 어느 누구도 접근하지 말라는 명령이다.

검황천문을 사람들은 남천이라 부르고 검황천문에서는 스스로를 검천이라고 한다.

곤산파가 검황천문에 의해서 봉문됐다는 사실은 진검룡과 민수림이 이곳에 오는 동안 소문으로 들어서 알고 있는 내용이다.

두 사람은 그보다 더 자세한 사실을 알아내고 싶어서 여기까지 직접 온 것이다.

곤산파는 중심가의 네거리에 위치해 있는데 사람들이 멀찌감치에서 웅성거리며 구경하고 있을 뿐 아무도 가까이 접근하지 않았다.

진검룡과 민수림, 청랑은 곤산파 맞은편에 십여 명의 사람들이 모여 있는 곳으로 갔다.

"곤산파가 봉문하다니 어떻게 된 것이오?"

진검룡이 구경꾼 중 중년의 장한에게 넌지시 물어보았다.

장한은 경계하는 얼굴로 진검룡과 민수림, 청랑을 두루 쳐다보았다.

민수림과 청랑은 지닌 바 미모가 너무 뛰어나기 때문에 얼굴을 드러내고 다닐 수가 없어서 오는 길에 챙이 넓고 깊은 방립(方笠)을 구해서 썼다.

아름답기로는 청랑도 하나의 성을 기울게 만든다는 경성지색(傾城之色) 이상이라서, 진면목을 드러내 놓고 다니니까 귀찮은 일이 한두 가지가 아니었다.

하물며 천하절색인 민수림이야 두말하면 잔소리다. 그녀는 사람들이 있는 곳에서는 얼굴을 내놓고 다니지 못할 정도로 난리가 났다.

장한은 진검룡을 비롯한 세 사람이 무기를 지니고 있지 않으므로 지나가는 행인 정도로 여기고는 경계를 풀고 장황하게 설명했다.

"지금으로부터 보름 전 아침에 곤산파 전문에 봉문첩지가 붙어 있는 것을 처음 발견했소. 곤산파 장문인 풍 대협께서 검황천문의 명령을 거역했기 때문이라는데 어떤 명령인지는 정확하게 모르겠소."

풍건이 검황천문의 명령을 거역해서 곤산파가 봉문을 당했다는 사실이 소문으로 나도는 것만으로도 놀랄 일이다. 그런 말은 이곳에 오기 전까지는 어디에서도 듣지 못했는데, 과연 곤산에 떠도는 소문은 다르다.

"사람들 말에 의하면 곤산파 안에는 아무도 없다고 하오. 다 뿔뿔이 흩어졌다는 것이오."

"곤산파 장문인은 어찌 됐는지 아시오?"

장한은 어두운 표정을 지었다.

"장문인께서 어찌 되셨는지는 알지 못하오. 잘못되기라도 하면 곤산 전체가 초상집이 될 것이오."

곤산파가 곤산을 중심으로 백 리 일대를 지배하고 있다는 사실을 알고 있는 진검룡이 넌지시 물었다.

"풍 장문인은 어떤 인물이오?"

"이곳 곤산에서는 그분을 '곤산대인(崑山大人)'이라고 부르면서 존경하고 있다오."

그때부터 장한은 풍건이 어째서 곤산대인이며 곤산을 위해서 얼마나 좋은 일들을 많이 했는지에 대해 침이 마르도록 칭송을 아끼지 않았다.

곤산파가 곤산 중심가에 위치해 있는 탓에 진검룡과 민수림은 밤이 되어 어두워지고 거리에 인적이 뜸해지기를 기다렸다가 곤산파 안으로 잠입했다.

민수림은 곤산파에 잠입하기 전에 이미 안쪽 어느 전각에 사람이 있으며 모두 몇 명인지 완벽하게 파악했으므로 거침없이 곤산파 내부를 질주했고, 그 뒤를 진검룡과 청랑이 기척 없이 따랐다.

아까 민수림은 기척을 살피더니 '곤산파 안에 사람이 있어요'라고 말했다.

그런 후에 진검룡은 그녀가 가르쳐 주는 설명에 따라서 청력을 끌어올려 두루 감청하다가 마침내 곤산파 내에서 사람들의 두런거리는 말소리를 감지할 수가 있었다.

그렇게 먼 곳에 있는 사람의 기척을 감지한 것은 그때가 난생처음이었다.

그렇게 해서 진검룡은 사람이나 물체의 소리를 감청, 감지하는 방법 하나를 터득하게 되었다.

[저기예요.]

무인지경처럼 앞서 달리는 민수림이 곤산파 한복판을 가로지른 후에 뒤편 후원을 가리켰다.

곤산파 전역은 짙은 어둠에 잠겨 있는데 후원의 별채 창에서만 흐릿한 불빛이 흘러나오고 있다.

민수림을 선두로 세 사람은 거침없이 별채 입구의 문을 열고서 안으로 들어섰다.

끼이…….

문소리와 함께 실내 안쪽에서 들려오던 두런거리는 작은 말소리가 뚝 그쳤다.

문 안쪽은 정사각형의 아담한 공간으로 객청(客廳)이고, 정면에는 창이 있으며 좌우에 방과 복도, 그리고 이 층으로 뻗은 계단이 있다.

실내는 컴컴했으나 진검룡과 민수림은 조금 전까지 좌측의 방 창에서 빛이 흘러나왔다는 사실을 바깥에서 확인했다. 진검룡 일행이 전각 안으로 들어오면서 문 여는 소리에 불을 껐을 것이다.

진검룡과 민수림, 청랑은 객청에 섰고, 진검룡이 좌측의 방을 향해 조용히 입을 열었다.

"방에 있는 사람들은 객청으로 나오시오."

그러나 잠시가 지나도록 아무도 나오지 않고 아무 소리도 나지 않았다.

진검룡 등은 참을성 있게 기다렸다. 좌측 방에 세 사람이 호흡을 멈추고 있지만 심장박동과 맥박 등 기척이 또렷하게 감지되고 있다.

"나오지 않으면 우리가 방으로 들어가겠소."

그냥 덮칠 수도 있지만 진검룡은 자신들이 적이 아니라는 것을 알리기 위해서 호의적으로 나갔다.

그로부터 열 호흡 정도 더 기다리고 나서야 좌측 방의 문이 열리고 일렬로 세 명이 조심스럽게 밖으로 나왔다.

그들 중에 앞선 사람은 사십 대 초반의 장한이며 어깨에 검을 메고 있지만 뽑지는 않았다. 진검룡의 말을 듣고 적이 아니라고 여긴 것이다.

뒤따르는 사람은 뜻밖에도 두 명의 여자이며 한 여자는 삼십 대 중반이고 또 한 여자는 십칠팔 세 정도였다. 첫눈에도 세 사람은 일가족인 것 같았다.

검황천문에 의해서 봉문을 당한 곤산파 내에는 이들 가

족 세 사람뿐인데, 아마도 이들이 곤산파를 지키고 있는 듯
했다.

진검룡은 앞선 장한을 보는 즉시 그가 누구인지 알아보고
반가운 미소를 지었다.

장한도 진검룡을 보고 처음에는 깜짝 놀랐으나 곧 안도하
는 표정을 지었다.

진검룡은 미소를 지으며 장한에게 다가갔다.

"당신이었군."

"진 대협을 뵈옵니다."

장한이 포권을 하며 정중하게 허리를 굽혔다.

진검룡은 이 장한이 곤산파 네 명의 당주 중에서 유일하게
장문인 풍건을 배신하지 않은 마지막 한 명의 당주라고 알고
있었다.

그가 진검룡을 '대협'이라고 호칭하는 것을 보면 풍건에게
무슨 말을 들은 것 같다.

그게 아니라면 풍건의 명령이나 당부를 받았을지도 모른
다.

풍건이 돌아오지 않을 경우에 어떻게 하라는 유언 같은 당
부 말이다.

"당주였던가?"

"그렇습니다. 종걸호(宗傑浩)라고 합니다."

진검룡은 동천목산에서 당주 종걸호가 풍건 쪽에 서 있는

것을 봤다.

"장문인은 어디에 있나?"

진검룡의 물음에 종걸호는 금세 어두운 표정이 되었고 뒤에 서 있는 두 여자는 눈물을 흘렸다.

종걸호가 진검룡에게 깍듯한 것을 보면 풍건에게 무슨 말을 들은 것이 분명하다.

"그게……."

종걸호는 대답하지 않고 머뭇거렸다. 말을 해야 할지 어떨지 결정을 내리지 못한 것 같았다.

진검룡은 진지한 표정을 지었다.

"풍건이 내 수하가 되려고 한다는 말은 들었나?"

"장문인께 들었습니다."

사십 대의 종걸호지만 진검룡은 거침없이 하대를 했다. 수하의 수하면 한참 아래다.

"그렇다면 수하가 어떤 상황에 처했는지 상전이 몰라야 된다고 생각하느냐?"

"아… 닙니다."

종걸호는 겨우 대답했다.

진검룡은 엄한 얼굴로 명령하듯이 말했다.

"풍건이 어떻게 되었는지 말해라."

밤의 관도를 세 개의 인영이 어둠을 뚫고 질주하고

있다.

곤산파 제이당주 종걸호의 말에 의하면 검황천문의 검천사
자(劍天使者)가 곤산파를 봉문시켰으며 이어서 풍건을 비롯한
가족들을 검황천문으로 압송했다는 것이다.

그 말을 듣는 즉시 진검룡은 길게 생각할 것도 없이 당장
풍건을 구해야겠다고 말했으며 민수림도 즉각 동의했다.

그런 점에서 두 사람은 성격이 비슷했다. 아니면 진검룡이
민수림을 닮아가고 있는 것인지도 모른다.

종걸호는 철옹성이나 다름이 없는 검황천문에서 풍건을 구
하는 일은 불가능하다고 두 손을 내저으면서도, 한편으로는
기쁜 표정을 감추지 못했다.

자신과 풍건이 모두에게 철저히 버려진 외톨이 존재가 아니
라는 사실을 깨달았기 때문이다.

검황천문은 남경(南京)에 있으므로 진검룡과 민수림은 지금
그곳으로 가고 있는 중이다.

두 사람은 풍건을 구해야 한다는 것에만 의견 일치를 보았
을 뿐이지 아직 구체적인 계획은 없다.

풍건이 현재 어떤 상황에 처해 있는지 아무것도 모르고 있
기 때문이다.

곤산에서 남경까지는 사백여 리 정도지만 가는 길에 수십
개의 강과 하천이 있으므로 그것들을 건너는 데 많은 시간이
소요될 것이다.

예로부터 강소성은 강과 하천, 호수가 많기로 유명한데 특히 남부 지방이 더했다.

진검룡은 풍건을 구해야 한다는 데 추호의 망설임도 없었고, 민수림은 그런 그를 매우 자랑스럽게 생각했다.

다음 날 으스름 저녁나절에 진검룡 일행은 곤산과 남경의 중간쯤인 무진현(武進縣)에 이르렀다.

진검룡과 민수림, 청랑은 저녁 식사와 술을 마시면서 잠시의 휴식을 취하기 위하여 현내에 들어와서 가장 먼저 눈에 띄는 주루에 들어갔다.

주루는 이 층인데 아래층은 주루이고 이 층은 주루와 객점을 겸하고 있는 구조다.

진검룡과 민수림은 아래층에 손님이 많아 앉을 곳이 없어서 이 층으로 올라갔다.

시끌벅적한 아래층과는 달리 이 층의 분위기는 조용하고 무겁게 가라앉아 있었다.

진검룡과 민수림은 그 이유를 즉시 알아차렸다.

이 층 한가운데에 일단의 무리가 앉아서 식사를 하고 있는데 그들 때문인 것 같았다.

그들 무리는 열 명이며 하나같이 갈의 경장에 어깨에는 검을 메고 있으며, 무거운 분위기 속에서 일절 대화를 나누지 않고 식사만 하고 있다.

무림에서 이런 인물들은 오직 한 부류일 뿐이다. 혹독한 훈련과 엄격한 규칙이 몸에 철저하게 밴 조직에 속해 있는 것이 분명하다.

第三十八章

검황천문 탈혼부(奪魂府)

그런데 세 개의 탁자에 모여서 앉아 있는 그들의 한가운데 바닥에, 그들과는 전혀 다른 행색의 한 인물이 무릎을 꿇고 있는데 상체를 세우고 고개를 빳빳하게 쳐든 모습이다.

그 인물은 매우 눈에 띄는 모습을 하고 있었다.

먹처럼 검은 흑의를 입고 있으며 머리를 틀어 올려 상투를 했는데 헝클어졌고 코 밑과 입가, 구레나룻에 특이하게 청색의 까칠한 수염이 무성하게 자라 있었다.

기른 수염이 아니라 며칠 동안 깎지 못해서 자란 성긴 수염의 모습이다.

또한 그는 관자놀이에서 뺨에 이르는 깊고 긴 검상에 목과 가슴, 옆구리에 가볍지 않은 상처를 입었는데 지혈만 했을 뿐 치료를 하지 않아서 온몸이 피투성이에 옷이 갈가리 찢어진 참담한 몰골을 하고 있다.

그럼에도 불구하고 삼십오륙 세 정도의 건장한 그의 얼굴에는 추호도 고통스러워하는 표정이 떠오르지 않았다.

오히려 어떤 시련이나 억압에도 굴하지 않겠다는 견고한 의지가 확고했다.

또한 득도한 고승의 그것처럼 초연한 얼굴로 지그시 눈을 감고 있었다.

주루 이 층은 아래층의 절반 크기인데 자리가 다 차고 열 명의 갈의 경장인들에게서 가장 가까운 곳의 탁자 하나만 덩그러니 남아 있었다.

아마도 갈의 경장인들이 무서워서 손님들이 그 자리를 꺼리는 것 같았다.

진검룡 역시 왠지 모르게 그 자리가 몹시 께름칙했는데 그 것은 그냥 본능적인 느낌이다.

현재 그는 이백 년이라는 대단한 공력을 보유하고 있으며, 청성파의 실전된 절학들을 터득한 데다, 무형검인 순정강검까지 만들어낼 수 있을 만큼 대단한 고수다.

그것은 무림에서도 소수의 절정고수들을 제외하고는 대다수 그를 무시하지 못한다는 뜻이다.

하지만 그가 워낙 저잣거리의 밑바닥 생활을 오랫동안 깊게 했던 탓에 두려운 것 근처에는 가까이 가지 않으려는 후천적 본능을 갖게 되었다.

그래서 갈의 경장인들을 보는 순간 알 수 없는 두려움과 이질감을 느낀 것이다.

그렇지만 민수림과 청랑은 진검룡 같은 감정을 전혀 지니고 있지 않았다.

그녀들이 기억을 잃었기 때문이기도 하지만 민수림의 경우에는 기억을 잃고 자시고 간에 원래부터 그런 걸 따지지 않는 성격이다.

말하자면 그녀는 원래 천상천하유아독존(天上天下唯我獨尊) 같은 존재였다.

민수림이 빈자리로 태연하게 걸어가자 진검룡은 그제야 현재의 자신이 예전 저잣거리의 자신이 아니라는 사실을 깨닫고는 쓴웃음을 지으며 뒤따랐다.

'멍청하게 왜 이러냐?'

진검룡과 민수림, 청랑이 거침없는 동작으로 빈자리에 앉자 갈의 경장인 열 명이 식사를 잠시 멈추고 일제히 세 사람을 쳐다보았다.

그렇지만 추호도 경계하는 눈빛이나 행동이 아니다. 대저 갈의 경장인 같은 고수들은 매사에 무관심한 것 같은 태도를 견지한다.

그러나 열 명은 그저 쳐다보는 것뿐이지만 눈빛이 칼날 같아서, 보통 사람이라면 그런 눈빛을 접하는 즉시 졸도하거나 오줌을 지릴 것이 분명하다.

하지만 진검룡과 민수림, 청랑은 아무렇지도 않게 무엇을 먹을 것인지를 의논하더니 청랑이 손을 들어서 저만치 서 있는 점소이를 불렀다.

점소이는 갈의 경장인들의 눈치를 보면서 잔뜩 겁먹은 얼굴로 주춤거리며 다가왔다.

진검룡 일행은 동천목산을 출발하여 여기까지 오는 동안 주루에 들를 때가 있으면 술과 요리는 꼭 청랑이 시켰다.

물론 진검룡이 어떻게 점소이에게 주문을 하는지 청랑에게 가르쳐 주었기 때문에 가능했다.

그렇다고 해서 무엇을 어떻게 하라고 따로 조목조목 가르친 것은 아니다.

청랑은 진검룡에게 배운 간단한 것 즉, 이 주루에서 가장 맛있는 요리와 가장 좋으면서 독한 술을 가져오라고 주문하면 대체적으로 실패하지 않았다.

열 명의 갈의 경장인들 눈에는 진검룡 일행이 결코 평범하게 보이지 않았다.

주루의 모든 사람들이 두려워서 갈의 경장인들 옆에는 앉지 않으려고 하는데 진검룡 일행은 추호도 거리낌 없이 앉았을 뿐만 아니라, 세 사람의 느긋하고 여유 있는 일거수일투족은 그들이 무시 못 할 고수라는 사실을 은연중에 대변하고 있는 것이다.

진검룡 일행은 술과 요리가 나오는 동안 뜨끈한 차를 마시면서 편한 자세로 묵묵히 앉아 있었다.

갈의 경장인들 때문에 말조심하는 것이 아니라 딱히 할 말이 없으며 각자 휴식을 취하고 있는 중이다.

오래지 않아 진검룡 일행 자리에 주문한 술과 요리가 차려져서 향긋한 냄새를 팍팍 풍겼으므로, 그때부터는 먹고 마시느라 더 할 말이 없어졌다.

다만 요리를 집는 젓가락질 소리와 마시고 먹느라 쩝쩝거리거나 우적거리는 소리만 잔잔하게 흐를 뿐이다.

시간이 지남에 따라서 진검룡 일행을 경계하던 갈의 경장인들의 시선도 점차 누그러졌다.

갈의 경장인들이 보기에 진검룡 일행은 평범한 인물들은 아닌 것이 분명하지만 자신들에게 그다지 해를 입힐 것 같진 않기 때문이다.

민수림과 청랑은 주루 안에서도 방립을 벗지 않았다. 두 여자의 미모 때문에 주루가 시끄러워지는 것을 원하치 않기 때문이다.

민수림 개인만 놓고 말하자면 자신이 지닌 절세미모를 자랑스러워하기보다는 귀찮게 여기고 있다. 그것도 아주 매우.

술을 두 잔 마신 민수림이 술잔을 들어 보이며 청랑에게 조용한 목소리로 말했다.

"이 술 좋구나. 이따 몇 병 사 가자."

"네, 소저."

이렇게 일러두면 청랑은 술을 넉넉하게 살 뿐만 아니라 요 깃거리 겸 안주로 할 요리까지 준비해 간다.

진검룡 일행은 이곳에서 저녁 식사만 하고 일어나서 계속 남경을 향해 갈 예정이다.

경공을 전개하여 가다가 피곤하면 관도 변 나무 아래에서 술 한잔 마시면서 요기를 하고 잠시 눈을 붙였다가 다시 길을 떠나면 된다.

진검룡은 술과 요리를 먹고 마시면서 갈의 경장인들 쪽 바 닥에 앉아 있는 흑의인을 건성으로 몇 번 쳐다보았다.

바로 눈앞에 꿇어앉아 있는 그 인물이 신경 쓰이지 않는다 면 그건 새빨간 거짓말이다.

그런 대단한 기도에 그런 몰골로 무릎 꿇고 앉아 있는 사람 에겐 자연스럽게 시선이 가게 마련이다.

말이 건성으로 보는 것이지 예전부터 진검룡은 어떤 사물 이든지 한 번만 슬쩍 쳐다보면 웬만큼 다 파악하는 날카로운 눈썰미를 지니고 있다.

진검룡은 흑의인의 준수하면서도 다부진 용모와 체구, 그리 고 중상을 입은 몸으로도 끄떡하지 않고 표정의 변화조차 없 는 모습에 조금 흥미를 느끼고 있었다.

하지만 단지 약간 흥미를 느꼈다는 것뿐이지 이 일에 관여

하고 싶다는 뜻이 아니다.

그가 보기에는 열 명의 갈의 경장인들이 흑의인을 합공하여 중상을 입힌 후에 제압해서 어딘가로 압송하고 있는 중인 것 같았다.

갈의 경장인들은 내색하고 있지 않지만 그들 대부분도 다쳤으며 개중에는 심하게 다친 자도 서너 명 있다는 것을 진검룡은 꿰뚫어 보았다.

그렇다는 것은 흑의인의 무위가 매우 출중하다는 뜻이다.

흥미가 물씬 풍겨서, 진검룡이 풍건을 구하러 가는 길이 아니라면 한번 이 일에 참견을 해볼 수도 있겠지만 지금은 그럴 상황이 아니다.

그때 이 층으로 올라오는 계단이 쿵쾅거리면서 소란스럽더니 잠시 후에 세 사람이 우르르 모습을 드러냈다.

그들은 곧장 갈의 경장인들을 향해 다가와서 일제히 포권을 하며 최대한 정중하게 말했다.

"저희는 이곳 무진현 신월방(新月幫) 사람입니다. 검황천문의 탈혼부(奪魂府) 탈혼사들께서 이곳에 계시다기에 인사를 드리러 왔습니다."

신월방 사람이라는 세 명은 연신 굽실거리는데 갈의 경장인들 얼굴에는 귀찮아하는 기색이 역력했다.

신월방 세 명 중에서 가장 화려한 복장을 입고 등에 한 자루 은검을 멘 사십 대 중반의 인물이 포권을 한 손을 흔들면서 과장된 동작을 취했다.

"저는 신월방주인 신월은검(新月銀劍) 초역기(楚亦基)입니다. 탈혼사들께선 여기에 계실 것이 아니라 누추하지만 저희 신월방으로 가시지요."

신월방은 이곳 무진현에서 세 손가락 안에 꼽히는 중견 방파 중 하나인데 검황천문 탈혼부 탈혼사들이 악명 높은 사파 고수를 제압해서 압송 중이라는 정보를 입수하고 즉각 달려온 것이다.

"됐소. 우린 곧 떠날 것이오."

갈의 경장인 즉, 탈혼사들 중 한 명이 칼칼한 목소리로 입을 열었다.

"그러지 마시고 저희 신월방에서 하룻밤 머물고 내일 아침에 가십시오. 정성을 다해서 모시겠습니다."

신월은검 초역기는 어떻게 해서라도 탈혼사들을 모셔가려고 혼신의 노력을 기울였다.

검황천문이 인정하는 무진현의 지배자는 대승방(大乘幇) 하나뿐이며 그들이 무진현을 중심으로 인근 백여 리 일대를 관장하고 있다.

신월방은 명성으로나 세력으로나 대승방에 견주어서 꿀리지 않는데도 검황천문의 인정을 받지 못했다는 이유만으로 여러 면에서 불이익을 당해왔다.

그래서 이런 기회에 검황천문 내에서도 쟁쟁한 탈혼부 탈혼사들에게 잘 보여두면 장차 이들이 조금이라도 힘이 되어줄 것이라는 계산을 한 것이다.

신월은검 초역기는 탈혼사들에게 가까이 다가가서 말을 하려는데 그 사이에 있는 진검룡 일행이 거추장스러워서 눈살을 찌푸리며 낮게 호통을 쳤다.

"네놈들은 당장 일어나서 꺼져라!"

낯선 사람에게 처음부터 이런 식으로 나온다는 것은 그가 별 볼 일 없는 소인배라는 뜻이다.

그런데도 진검룡 일행은 전혀 듣지 못한 것처럼 끄떡도 하지 않고 앉아 느긋하게 술잔을 기울이고 있어서 초역기 등을 발끈하게 만들었다.

무진현의 패자가 대승방이라고는 하지만 검황천문의 인정을 받고 있어서 신월방보다 조금 낫다는 것뿐이지 이따위 주루에서 초역기가 호통 한번 내지르면 다들 무릎을 꿇고 벌벌 떨어야 마땅한 일이다.

진검룡 일행이 들은 체도 하지 않자 초역기 양쪽의 최측근 심복 두 명이 발을 구르면서 호통을 쳤다.

"죽고 싶으냐? 이런 썩을 연놈들이 치도곤을 당해야 정신을 차리겠느냐?"

"썩 꺼지지 않으면 기어서 나가게 해주겠다!"

주루 이 층이 쩌렁쩌렁 울릴 정도의 큰 호통인데도 진검룡 등은 어느 집 개가 짖느냐는 듯 쳐다보지도 않고 느긋하게 술만 마시고 있다.

"이… 이런 죽일 놈들!"

차창!

순간 초역기를 수행한 두 명이 분기탱천하여 다짜고짜 어깨의 검을 뽑으면서 그대로 진검룡과 민수림, 청랑을 한꺼번에 베어왔다.

쉬이익!

"죽어랏!"

곧 눈앞에서 사람이 죽어갈 판국인데도 탈혼사들은 제지하지 않고 묵묵히 지켜보기만 했다.

그들은 처음부터 진검룡 일행이 평범한 인물이 아닐 것이라고 간파했기 때문에, 이 기회에 진검룡 등이 이 일을 어떻게 대처하는지 지켜보려는 것이다.

"멈추시오!"

그때 누군가의 낭랑한 호통이 터졌다.

하지만 늦었다. 이미 청랑이 초역기의 심복 두 명에게 오른손을 뻗고 있는 중이다.

파팍!

"끄윽!"

"커흑!"

청랑은 일어서지도 않고 앉은 채 허리에 두른 연검으로 두 명의 미간을 찌르고는 연검의 검면으로 그들의 뺨을 연이어서 가볍게 후려쳤다.

짜짝!

어째서 뺨을 후려쳤느냐면 그들 두 명이 진검룡 일행과 가까운 데다 공격하느라 상체를 이쪽으로 기울이고 있기 때문에, 이제 곧 미간에서 세차게 뿜어질 피가 탁자에 차려진 요리를 더럽힐 것을 염려해 멀리 날려 버리려는 것이다.

과연 두 명은 얼굴과 상체가 팽이처럼 팩 돌아가는 것과 동시에 허공으로 둥실 떠올라 뒤로 반 장쯤 날아갔다가 나무 벽에 부딪치고 바닥에 떨어졌다.

쿠당탕!

청랑의 연검은 언제 두 명을 죽였느냐는 듯이 어느새 허리띠가 되어 허리에 둘러져 있다.

사람들이 봤을 때는 그녀가 두 명을 향해 팔을 뻗었다가 거두기만 했을 뿐이다.

탈혼사들은 물론이고 실내의 모든 사람들이 놀라서 진검룡 일행을 쳐다보았다.

탈혼사들은 진검룡 일행을 일류고수 정도라고 짐작했는데 방금 청랑이 보여준 한 수는 그 이상, 특급 일류고수의 그것이어서 내심 적잖이 놀랐다.

*　　　　*　　　　*

그러나 진검룡과 민수림은 아무것도 모르는 듯 술을 마시고 있으며, 청랑은 급히 술병을 들고 진검룡의 빈 잔에 공손히 따라주었다.

어느 누구보다도 기절초풍할 정도로 놀란 사람은 신월방주 초역기다.

그는 얼마나 놀랐는지 두 다리에 힘이 풀려서 저절로 주저 앉으려고 하는 것을 뒤로 주춤거리며 몇 걸음 물러서 겨우 버티고 섰다.

"너… 너희들……."

초역기는 눈을 부릅뜨고 진검룡 등을 가리키기만 할 뿐 아무런 행동도 취하지 못했다. 그 정도로 경악하고 겁을 집어먹었다는 뜻이다.

방금 전에 죽은 두 명은 초역기의 최측근 심복 수하로서, 그는 두 명의 합공을 오십 초 이상 견디지 못한다.

그렇다는 것은 그 두 명이 신월방에서 두 번째, 세 번째 실력자들이라는 뜻이다.

그런데 청랑이 앉은 자리에서 단 일초식에 둘 다 즉사시켜서 날려 버린 것이다.

더구나 청랑은 방립을 깊숙이 눌러쓰고 있어서 공격하는 초역기의 심복들이 잘 보이지도 않았을 것이다.

그렇지 않아도 원래 조용했던 이 층은 숨소리까지 들릴 정도로 고요해졌다.

계단을 막 올라온 두 사람이 있는데 그들은 다름 아닌 무진현의 지배자 대승방의 방주와 총관이다.

검황천문 탈혼사들이 이 주루에 있다는 보고를 받고 인사를 하러 달려오는 길이다.

그런데 그들은 조금 전에 계단을 막 올라왔다가 신월방주 초역기의 최측근이 손님을 공격하는 것을 발견하고 제지하려 호통을 쳤다.

진검룡은 술을 마시면서 생각했다. 청랑이 신월방주의 최측근 두 명을 죽인 것은 어쩔 수 없는 일이다.

만약 청랑이 가만히 있었으면 당하는 사람은 진검룡 일행이었을 것이다.

또한 일이 이렇게 된 이상 이 주루에서 곱게 나갈 수 있을 것이라는 생각은 하지 않았다.

신월방주 초역기는 물론이고 검황천문의 탈혼사들이 진검룡 일행을 순순히 보내줄 리가 없기 때문이다.

진검룡은 기왕지사 이렇게 된 것 탈혼사라는 놈들을 싹 쓸어버리는 것도 괜찮을 것 같다는 생각을 했다. 왜냐하면 그들이 검황천문이기 때문이다.

검황천문은 사사건건 진검룡의 앞길을 가로막고 있을 뿐만 아니라 살수와 곤산파를 보내서 죽이려고까지 했었다.

이쯤 되는 진검룡과 검황천문은 원수지간이다. 둘 중 하나가 결딴나야지만 악연이 끝날 것이다. 물론 그렇게 생각하는 것은 진검룡 혼자뿐이겠지만 말이다.

주루의 사람들은 진검룡 일행이 먹고 마시는 것을 물끄러미 바라보기만 할 뿐 아무도 뭐라고 하지 않았다.

잠시 시간이 지나서 정신을 수습한 초역기가 진검룡 일행에게 가까이 다가가지도 못하고 멀찍이서 떠들어댔다.

"네놈들은 도대체 누군데 선량한 내 수하들을 저토록 잔인하게 죽인 것이냐?"

진검룡이 술잔을 내밀어서 민수림의 술잔에 부딪치면서 초역기를 쳐다보지도 않은 채 조용히 말했다.

"네가 보고 있는 것처럼 우린 이렇게 아무에게도 해를 입히지 않고 술을 마시고 있었는데 저기 죽어 있는 두 놈이 다짜고짜 우릴 죽이려고 무차별 공격을 가했다. 여기에서 너에게 문제를 내겠다."

"뭐… 뭐냐?"

가만히 있기라도 하면 될 텐데 초역기는 병신같이 뭐냐고 물었다.

"그런 상황에서 너라면 어떻게 했겠느냐는 것이 문제다. 문제 나간다. 잘 들어라. 제일 번, 그냥 가만히 앉아 있다가 개죽음을 당한다. 제이 번, 계속 술을 마시다가 개죽음을 당한다. 제삼 번, 도망치다가 개죽음을 당한다. 제 사번, 무릎을 꿇고 용서를 빌다가 개죽음을 당한다."

"……"

"제오 번, 반격을 해서 상대를 죽이고 개죽음을 면한다."

코흘리개 어린아이가 이 문제를 푼다고 해도 제오 번이 답이라고 대답할 것이다.

제일 번부터 제사 번까지는 모두 죽는 것이다. 내가 죽을 수는 없는 일이니까 정답은 제오 번이다.

열 명의 탈혼사와 조금 전에 도착한 대승방주와 그의 최측근, 그리고 이 층에 있던 모든 사람들은 진검룡이 무슨 얘기를 하려는 것인지 잘 알고 있다.

우리는 그냥 앉아서 술 마시고 있는데 저기 죽어 있는 두 놈이 다짜고짜 죽이겠다고 공격해서 어쩔 수 없이 그들을 죽였을 뿐이다. 가만히 있었다면 우리가 개죽음을 당했을 것이라는 뜻이다.

그렇지만 초역기는 승복하지 않았다. 그는 두 팔을 뻗어 진검룡을 가리키면서 열 명의 탈혼사에게 너무도 억울하다는 듯이 하소연했다.

"보셨습니까? 저놈이 이렇게 적반하장입니다. 저의 수하들을 죽여놓고서 궤변만 늘어놓고 있습니다. 이럴 때 저는 어떻게 해야 합니까?"

"입 닫고 조용히 물러가라."

"……"

탈혼사 중 한 명이 나직하게 말하자 초역기는 멍한 얼굴로 그를 쳐다보았다.

방금 말한 인물은 검황천문 탈혼부 제팔분부주(第八分府主)이며 이 무리의 지휘관이다.

탈혼부에는 모두 십오 개의 분부(分府)가 있으며 한 개 분부는 삼십 명 여섯 개 조(組)로 구성되어 있다. 한 개 조가 다섯 명의 탈혼사다.

제팔분부는 바닥에 무릎을 꿇고 있는 흑의인 즉, 사파 고수를 제압하여 끌고 오라는 명령을 받고 검황천문을 출발했으나 현재 열 명만 살아남았다.

물론 사파 고수 한 명에게 이십 명이 죽음을 당한 것이다. 그렇다는 것은 사파 고수가 절정고수라는 뜻이다.

제팔분부주가 말했는데도 초역기가 우두커니 서 있는 모습을 보고 제팔분부의 오른팔 격인 조장 한 명이 귀를 뜯어내고 싶을 만큼 살벌하게 중얼거렸다.

"분부주 말씀 못 들었느냐?"

초역기는 찔끔하더니 제팔분부주 눈치를 보고는 우물쭈물하다가 점소이 도움을 받아서 죽은 두 명의 최측근 시체를 수습해 서둘러 돌아갔다.

계단 근처에서 좌중이 조용해지기를 기다리고 있던 대승방주가 탈혼사들을 향해 다가왔다.

대승방주는 제팔분부주를 정확하게 골라서 같이 온 최측근과 함께 포권을 하며 정중하게 말했다.

"대승방주 고범(高範)이 인사드립니다."

제팔분부주는 대승방주 고범을 보면서 가볍게 고개를 끄떡일 뿐 아무 말도 하지 않았다.

고범이 포권을 풀지 않은 채 말했다.

"남천까지 부디 편안하게 돌아가시기를 기원합니다."

그러고는 최측근과 함께 몸을 돌려 미련 없이 계단 쪽으로 걸어갔다.

그는 신월방주 초역기하고는 전혀 다른 생각으로 이곳에 온 것이다.

즉, 제팔분부주에게 아부를 하려는 것이 아니라 그들이 이곳에 왔다니까 그저 인사나 하려는 뜻이었다.

때마침 진검룡이 술잔을 입으로 가져가다가 바로 앞으로 지나가는 고범과 눈이 마주쳤다.

고범은 가볍게 고개를 숙여 보이고는 지나가고 진검룡은 반응 없이 술을 마셨다.

진검룡은 빈 잔을 내려놓다가 자신을 응시하고 있는 흑의인을 발견했다.

진검룡은 처음에 흑의인이 눈을 감고 있는 것을 보았는데 언제 눈을 떴는지 알 수가 없다. 아마 조금 전에 소란스러웠을 때였던 것 같다.

흑의인의 현재 처지로 볼 때 자신의 주위에서 일어나는 일에 민감해야만 할 것이다. 자신의 목숨과 직결되기 때문이다.

아주 잠시 동안 흑의인은 진검룡을 응시했다.

진검룡은 흑의인의 눈빛에서 강렬하면서도 뭔가를 간절하게 애원하는 듯한 느낌을 받았다.

다음 순간 두 명의 탈혼사가 날카롭게 쳐다봤을 때 진검룡은 젓가락으로 요리를 뒤적거리고 있으며 흑의인은 눈을 감고 있었다.

진검룡이 젓가락으로 소고기 볶음을 집으면서 흑의인에게 전음을 보냈다.

[내가 자넬 구해주길 원하나?]

진검룡이 소고기 볶음을 입에 넣으면서 슬쩍 쳐다보자 흑의인이 눈을 뜨더니 한 번 깜빡거렸다.

그것은 혈도가 제압되어 움직일 수 있는 것은 눈밖에 없는 그가 할 수 있는 유일한 의사 표시다.

그러니까 흑의인은 구해주기를 원하느냐는 진검룡의 물음에 '그렇다, 구해달라'고 대답을 한 것이다.

진검룡이 다시 물었다.

[구해주면 내 수하가 되겠느냐?]

그러나 그 물음에 흑의인은 눈을 뜨지 않았다. 수하가 되기 싫다는 뜻이다.

그래서 진검룡은 그때부터 일부러 흑의인을 단 한 번도 쳐다보지 않았다.

그는 흑의인이 자신의 수하가 될 수밖에는 없을 것이라고 생각했다.

왜냐하면 그가 무슨 죄를 지었는지는 모르지만 검황천문에 끌려가는 것보다 진검룡의 수하가 되는 쪽이 백배 나을 것이기 때문이다.

열 명의 탈혼사들은 흑의인을 데리고 진검룡 일행보다 먼저 주루를 출발했다.

그로부터 일각 후, 술과 요리를 배불리 먹고 마신 진검룡과 민수림, 청랑이 주루를 나섰다.

무진현을 벗어나면서부터 경공을 전개하며 진검룡이 민수림에게 지나가는 말처럼 말했다.

"그자를 구해야겠습니다."

"그러세요."

민수림은 지금까지 두어 달 동안 진검룡과 생활하면서 그가 하려는 일을 반대하거나 만류한 적이 없었다. 더구나 그녀는 진검룡이 말하는 '그자'가 누군지 묻지도 않았다.

진검룡은 그녀를 보며 빙그레 미소 지었다.

"그럼 수림이 작전을 세워주십시오."

"알았어요."

격강(湄江)은 무진현에서 서쪽 십여 리 지점에 있다.

남쪽의 격호(湄湖)에서 흘러나와 북으로 흘러 장강 하류로 합류하는 길이가 이십여 리밖에 안 되는 짧은 강이다.

무진현에서 서쪽에 있는 남경으로 가려면 격강을 반드시 건너야만 한다.

다른 방법이 있다면 격강 상류로 가서 발원지인 격호를 한 바퀴 돌아 격강을 건너지 않아도 좋지만, 격호 한 바퀴인 칠십여 리 정도를 돌아서 가야 한다.

간단하게 배를 타고 사십여 장 폭의 강을 건너면 간단한 것을 칠십여 리나 돌아서 갈 바보는 없을 터이다.

검황천문 탈혼부 휘하 제팔분부 탈혼사들은 강을 건너는 도선(渡船) 한 척을 통째로 빌렸다.

도선은 백여 명의 사람과 말이나 화물을 한꺼번에 실어 나를 수 있을 만큼 크고 튼튼하지만 지금은 열 명의 탈혼사와 사파 고수만 탔다.

촤아아!

두 명의 뱃사람들이 능숙하게 도선을 출발시켰다.

제팔분부 열 명의 탈혼사들은 도선의 갑판과 난간가에 서 있고 흑의인은 갑판 한가운데에 무릎을 꿇고 앉아 있으며 굳게 눈을 감은 모습이다.

원래 강을 건너는 도선에는 사람과 화물을 많이 싣기 위해서 선실 같은 것이 없으며 전체가 평평한 갑판으로 이루어지고, 일반적인 배는 길쭉한 모양인 데 비해서 도선은 사각형이다.

도선에 탄 탈혼사들은 그다지 주위 경계를 하지 않는 자유

롭고 편안한 분위기다.

천하에서 검황천문을 건드릴 만한 배포를 지닌 무림인은 그리 많지 않으며 더구나 검황천문이 코앞에 있는 이곳은 앞마당이나 다름이 없어서 더욱 그렇다.

제팔분부주 위융(魏隆)은 도선의 난간가 의자에 앉아서 컴컴한 강물을 응시했다.

집을 떠나온 지 어언 다섯 달이나 지났다. 지금껏 한 번도 내색한 적은 없지만 가장 생각나고 보고 싶은 사람은 열 살이나 어린 아내이고 그다음은 돌도 지나지 않은 딸이다.

삼십이 세인 위융은 이 년 전 삼십 세 때 심복 수하인 조장의 여동생을 소개받아서 혼인을 했고 일 년 만에 딸을 낳았으니, 아내든 딸이든 눈에 넣어도 아프지 않을 정도로 귀하디귀한 존재다.

삼십 세가 될 때까지 오로지 무공 연마와 검황천문에 대한 충성밖에 할 줄 아는 것이 없었던 그였는데, 지금은 아내와 딸에 대한 사랑이 그런 것들에 앞서 있다.

그런 변화가 그 자신은 뜻밖이라고 생각했지만 놀라거나 바꾸려고 들지 않았다.

아내와 딸이 자신의 목숨보다 더 소중한 존재인 것이 맞으며 또한 자연스러운 현상이기 때문이다.

새카만 강물 위에 귀엽고 수줍은 아내와 딸의 모습이 떠오르자 위융의 입가에 푸근한 미소가 피어났다. 보고픔이 한층 더 깊어졌다.

이제 조금만 더 가면 남경이고, 내일 낮이면 사랑하는 아내와 딸을 만날 수 있을 것이다.

펄럭……

그때 위용의 머리 위 높은 곳에서 극히 미세한 옷자락 나부끼는 소리가 들렸다.

위용은 무심코 머리 위 캄캄한 밤하늘을 올려다보았다.

그렇다고 해서 놀라거나 긴장하지는 않았다. 도선이 포구를 출발한 지 꽤 오래 지났으므로 지금쯤 강 복판에 이르렀을 텐데, 이런 곳의 밤하늘에 무슨 위험이 있겠는가.

그래서 방금 들린 소리는 밤새의 푸드득거리는 소리일 것이라고 단순하게 생각했다.

그런데 밤하늘을 올려다보던 위용과 몇몇 탈혼사 얼굴에 움찔 놀라움이 떠올랐다.

하나의 커다란 물체가 도선을 향해서 빠른 속도로 수직 낙하 하고 있는 것을 발견했기 때문이다.

백이십 년 공력을 지닌 위용이 제일 먼저 그 커다란 물체가 무엇인지 알아보았다.

그것은 놀랍게도 세 사람이 나란히 우뚝 선 자세로 빠르게 하강하고 있는 광경이었다.

위용은 항주 제일방파인 오룡방 방주 손록과 같은 백이십 년 공력 수준이지만 두 사람이 일대일로 붙는다면 위용이 삼십여 초 안에 손록을 꺾을 수 있다.

공력이 중요하기는 하지만 그렇다고 싸움을 공력만 갖고 할
수는 없다.

애당초 손록 따위는 위용에게 상대조차 되지 않는다. 위용
은 이날까지 순전히 싸움과 전투만으로 실력을 쌓은 진짜배
기 일류고수다.

일류고수를 상중하로 나누면 위용과 손록은 상에 속하고,
그 상을 다시 상중하로 나누면 위용은 중, 손록은 하에 속한
다고 볼 수 있다.

"습격이다! 대비하라!"

조장 한 명이 다급하게 외치자 열 명의 탈혼사들이 일제히
어깨의 검을 뽑았다.

차차차창!

第三十九章

삼절사존(三絶邪尊)

　민수림은 양손으로 진검룡과 청랑의 팔을 잡고 도선의 갑판에 내려섰다.

　쿠쿵!

　민수림은 낙엽처럼 살짝 내려섰지만 무려 허공 이십여 장높이에서 수직으로 낙하한 진검룡과 청랑은 발소리를 묵직하게 내며 갑판에 내려섰다.

　진검룡이 배운 무당파 경공 무영능공표의 이초식 능공표를전개하면 허공을 자유자재로 비행할 수 있지만 그는 능공표를 머리로만 외웠을 뿐 아직 일초식 무영표조차 이 성밖에 익히지 못했다.

천면수라에다가 무림십대살수 중 한 명인 청랑이라고 해도 민수림처럼 허공을 훨훨 날아갈 능력은 없다.

그래서 민수림이 진검룡과 청랑의 양팔을 잡고 어풍비행으로 허공을 날아서 도선에 내려선 것이다.

위융은 도선 갑판 한복판에 내려선 세 사람이 아까 무진현 내의 주루 이 층에서 봤던 진검룡 일행인 것을 확인하고 미간을 잔뜩 좁혔다.

진검룡 일행은 전혀 위험하지 않다고 단정했던 자신의 예상이 빗나갔기 때문이다.

진검룡 일행이 갑자기 밤하늘에서 뚝 떨어져 내렸다면 잠시 얘기나 나누다가 가려는 목적일 리가 없다.

눈이 날카롭고 매우며 경험이 풍부한 위융이지만 민수림이 진검룡과 청랑의 팔을 잡고 여기까지 날아왔다는 사실은 조금도 알아차리지 못했다.

민수림이 허공중에서 하강하여 도선에 거의 이르렀을 때 두 사람의 팔을 놓았기 때문이다.

진검룡은 느릿한 걸음으로 일부러 발소리를 울리며 사파 고수를 향해 걸어갔다.

저벅저벅…….

도선 갑판 한가운데 무릎을 꿇고 있는 사파 고수는 조금 전에 진검룡 일행이 갑판에 쿵! 하고 내려설 때 그 소리를 듣고 눈을 떴었다.

사파 고수는 자신의 정면에서 성큼성큼 걸어오고 있는 진검룡을 보며 눈빛이 크게 흔들렸다.

사실 사파 고수는 아까 무진현의 주루에서 진검룡이 '너를 구해주면 내 수하가 되겠느냐?'라고 물었을 때 즉각 그러겠다고 대답하지 못했던 것을 두고두고 후회했다.

그 당시에 사파 고수는 큰 충격을 받았다. 일파지존인 그가 누군가의 수하가 된다는 생각은 평생 단 한순간도 해본 적이 없었기 때문이다.

그렇지만 생각은 길지 않았다. 일파지존이면 무엇 하고 수하면 뭐가 어떤가.

죽어버린 일파지존보다는 살아 있는 수하가 백번 천 번 낫지 않은가.

그래서 그는 겨우 세 호흡 정도 고민하다가 다시 눈을 떴는데 그때부터 안타깝게도 진검룡과 한 번도 눈을 마주치지 못해서 수하가 되겠다는 신호를 보내지 못했다.

진검룡이 한 번이라도 쳐다봐야지만 구해주면 당신의 수하가 되겠다고 눈을 깜빡여 줄 텐데 진검룡은 사파 고수가 탈혼사에게 이끌려서 주루를 떠날 때까지 두 번 다시 그를 쳐다봐 주지 않았다.

사파 고수, 아니, 삼절사존(三絶邪尊) 훈용강(勳勇康)은 절망에 빠지고 말았다.

살아날 수 있는 최후의, 그리고 단 한 번의 기회를 그 스스로 걷어차 버린 것이기 때문이다.

돌이켜 생각해 보니까 진검룡 일행이라면 열 명의 탈혼사들을 모두 죽이고 훈용강을 구해줄 수 있을 것 같았다.

훈용강은 신월방주 초역기의 최측근 두 명이 진검룡 일행을 공격하다가 청랑에게 죽음을 당하는 광경이 그의 바로 정면에서 벌어졌기 때문에 똑똑히 목격할 수 있었다.

그가 봤을 때 청랑은 진검룡의 수하인 것 같았다. 수하가 그 정도의 실력자라면 상전인 진검룡과 민수림은 두말할 것도 없을 터이다.

그런데 훈용강이 쓸데없는 갈등으로 잠시 고민하는 바람에 천재일우의 기회가 날아가 버리고 말았으니 얼마나 원통한 일이었겠는가.

그랬었는데… 절망에 빠져 있는 훈용강 앞에 거짓말처럼 진검룡이 다시 나타나 주었다.

진검룡이 자신을 향해 걸어오는 것을 보면서 훈용강은 거의 실성한 것처럼 눈을 깜빡거렸다.

'이것 보십시오! 저를 구해주시기만 하면 무조건 당신의 수하가, 아니, 종이 되겠습니다! 백번 천 번이라도 당신의 종이 되어 온갖 궂은일을 다 할 테니까 제발 살려주십시오……!'라고 그의 미친 듯한 눈 깜빡임이 절규했다.

진검룡은 훈용강 반 장 앞에 멈춰서 그를 굽어보며 빙그레 미소 지으며 전음을 했다.

[그만 깜빡거려라. 정신 사납다.]

그런데도 훈용강은 몇 번 더 눈을 깜빡거리다가 제정신을 차리고 이번에는 바보처럼 헤에… 하고 웃었다. 자신이 생각해도 좀 유치하고 쑥스러웠다.

그렇지만 여기에서 반드시 짚고 넘어가야 할 게 있다. 삼절사존 훈용강이 대저 어떤 인물인가 하는 것이다.

예로부터 천하무림은 다섯 개 세계가 각자의 영역에서 서로 경계하면서 존재하고 있었다.

백(白), 흑(黑), 마(魔), 요(妖), 독(毒) 천하오계(天下五界)가 바로 그것이다.

백은 정파이고 흑은 사파, 마는 마도, 요는 요계, 독은 독파인 것은 두말할 필요가 없다.

천하오계 중에서 사파의 수가 가장 많은데 너무 많아서 다 셀 수가 없을 정도다.

그래서 그냥 뭉뚱그려서 사파백만(邪派百萬)이라고 한다. 사파에 속한 자만 백만 명이라는 뜻이다.

사파백만은 동서남북으로 나누어져 있으며, 동서남북은 또다시 작게는 세 개에서 많게는 열 개까지 지계(支界)로 나누어져 있다.

현재 천하무림의 지계는 모두 이십사계(二十四界)인데 그곳의 최고 통치자를 사존(邪尊)이라고 한다.

말하자면 삼절사존 훈용강은 이십사계 중 한 지역을 통치

하는 사존인 것이다.

사파백만 즉, 백만 명의 사파 고수들을 이십사로 나누면 약 사만 명이다. 그 말인즉 훈용강의 직계 수하가 사만 명이라는 뜻이다.

진검룡이 훈용강의 반 장 앞에 서 있지만 위융은 그를 제지하지 않았다.

아니, 못 했다. 위융은 무진현의 주루에서 진검룡 일행이 대단한 고수일 것이라고 여겼는데 조금 전에 그들이 밤하늘을 날아서 도선 갑판으로 뚝 떨어져 내렸으니 대단한 고수 정도가 아니라 초절정고수라고 봐야 마땅하다.

그런 진검룡 일행이 훈용강을 구하겠다고 마음먹으면 어려울 것이 없을 터라서 위융은 감히 진검룡을 제지할 엄두를 내지 못하고 있는 것이다.

진검룡은 아까 주루에서 봤을 때 위융이 이들 무리의 지휘자일 것이라고 생각했다.

그래서 진검룡은 위융을 보면서 조용히 말했다.

"이 사람은 내가 데리고 가겠다."

데리고 가도 되겠느냐고 묻는 것이 아니고 그냥 내가 데리고 가겠다는 일방적인 선언이다.

위융은 천천히 일어섰다.

"불가(不可)하다."

위융은 일전(一戰)이 불가피하다고 생각했다. 그리고 이것이

어쩌면 자신의 마지막 싸움이 될지도 모르겠다는 막연한 예감이 들었다.

늦어도 내일 낮이면 사랑하는 아내와 딸을 만날 수 있을 것이라고 생각했었는데 그녀들을 만나는 것은 다음 생에서나 가능하게 된 것 같다.

그때 문득 위용의 눈앞에 흐릿한 광채가 일렁거리면서 어린 아내와 딸의 귀여운 모습이 뭉게구름처럼 떠올랐다.

파파팍!

"흐윽……!"

그 순간 그는 온몸이 묵직해지는 것을 느끼며 답답한 신음을 터뜨리면서 뒤로 쓰러졌다.

쿵!

갑판에 등을 대고 쓰러진 위용은 자신에게 무슨 일이 일어났는지 아직 알지 못했다.

그는 설마 자신이 진검룡에게 공격을 받았다는 생각을 하진 못했다.

진검룡이 공격하는 것을 보지 못했기 때문이다. 그가 본 것이라고는 자신이 '불가하다'고 말하자 진검룡이 손가락으로 그를 가리켰고 직후 흐릿한 광채 속에서 어린 아내와 딸을 본 것이 전부였다.

그러고는 쓰러졌다. 온몸이 무거울 뿐이지만 고통 같은 것은 느껴지지 않았다.

그렇지만 삼절사존 훈용강은 보았다. 진검룡이 검지와 중지로 위융을 가리키자 두 손가락에서 매우 흐릿하며 번갯불처럼 빠른 두 줄기 빛살이 발출되는 것을 말이다.

필경 그것이 위융을 쓰러뜨렸을 것이다. 과연 훈용강의 짐작대로 진검룡은 굉장한 절정고수가 분명했다.

진검룡의 두 손가락에서 발출된 빛살은 지풍이 아니었다. 훈용강의 지식에 의하면 그것은 틀림없는 강기였다. 즉, 지강(指罡)인 것이다.

강기를 발출하려면 아무리 못해도 삼백 년 공력을 지녀야만 가능하다.

진검룡은 훈용강이 예상했던 것보다 훨씬 더 고강했다. 그러므로 훈용강이 상전으로 모셔도 부끄럽지 않을 터이다.

저벅저벅…….

진검룡이 천천히 위융에게 걸어가면서 태연하게 청랑에게 명령했다.

"랑아, 저 친구 혈도를 풀어줘라."

민수림은 청랑에게 눈짓으로 자신이 하겠다는 신호를 보내고 슬쩍 소매를 흔들어 한 줄기 지풍을 뿜어냈다.

팍!

"음……."

훈용강은 몸 몇 군데가 찌릿한 느낌을 받고 나서 즉시 모든 혈도가 풀리는 것을 깨달았다.

얼마 전에 위융이 그의 혈도를 제압하면서 그것이 얼마나 지독하고 해혈하기 어려운 점혈수법인지 설명한 내용이 아직도 귓가에 쟁쟁한데, 그 말을 비웃기라도 하듯이 민수림이 너무도 간단하게 풀어버렸다.

사실 민수림은 위융이 훈용강에게 펼친 점혈수법을 푼 것이 아니다.

특수한 수법으로 훈용강의 체내에 한 움큼의 진기를 주입하면 그것이 제압된 혈도들을 모조리 풀어준다.

진검룡이 쓰러진 위융에게 걸어가고 훈용강이 혈도가 풀려서 일어나자 아홉 명의 탈혼사들은 두 패로 나누어 각각 진검룡과 훈용강에게 쏘아갔다.

진검룡이 나직하지만 힘 있게 말했다.

"움직이는 놈은 죽는다."

그러자 탈혼사들의 움직임이 일제히 멈췄다. 진검룡의 말이 엄포가 아니라는 사실을 알고 있기 때문이다.

더구나 진검룡은 쓰러져 있는 위융 앞에 도착해서 막 걸음을 멈추고 있다.

진검룡이 위융에게 무슨 짓을 할지 모른다. 만약 위융이 아직까지 살아 있다면 말이다.

훈용강이 힘겹게 일어서고 나서 비틀거리며 진검룡에게 걸어왔다.

진검룡은 누워 있는 위융을 굽어보았다.

"나는 너희들을 죽일 생각이 없다."

그렇게 말하고는 위융을 일으켜서 조금 전까지 그가 앉아 있던 의자에 앉혔다.

진검룡이 발출한 두 개의 순정강에 맞아서 마혈만 제압된 위융은 자신의 앞에 서 있는 진검룡을 일그러진 표정으로 쏘아보았다.

진검룡 뒤에 훈용강이 다가와서 섰지만 위융 눈에는 진검룡만 보일 뿐이다.

"너는 누구냐?"

"지금 그게 중요하냐?"

진검룡의 꾸짖음에도 훈용강은 아랑곳하지 않았다.

"내겐 네가 누군지가 가장 중요하다."

진검룡은 짙은 눈썹에 강인하고 용맹한 용모를 지닌 위융을 주시하며 내심 고개를 끄떡였다.

진검룡이 위융이라고 해도 지금 이 순간 상대가 누군지 제일 궁금하게 여길 것 같았기 때문이다.

"나는 진검룡이다."

위융은 진검룡이라는 이름을 들어본 적이 없다. 그가 삼절사촌 훈용강을 잡으러 검황천문을 떠나지 않았다면 진검룡이라는 이름을 들었을지도 모른다.

검황천문의 한쪽 구석에서 항주의 전광신수를 죽이거나 잡아들이는 일을 꾸미고 있기 때문이다.

하지만 그것은 검황천문이라는 거대한 수레바퀴가 육중하게 굴러가는데 그 바퀴에 밟힌 하나의 자갈 정도에 그칠 만큼 미미한 일이다.

그러니 위용이 검황천문에 있었다고 해도 진검룡이라는 이름을 들어보기는 어려웠을 것이다.

진검룡 뒤에 서 있는 훈용강 역시 진검룡이라는 이름을 들어본 적이 없다.

훈용강은 진검룡 옆에 나란히 서며 위용을 가리켰다.

"이놈을 죽여도 됩니까?"

"지금 내겐 너희 둘이 똑같다."

진검룡에게 훈용강이나 위용이 똑같은 비중이라는 뜻이다. 그것은 훈용강이 아직 진검룡하고 신뢰나 정을 쌓지 않았기 때문에 타인이나 다름없다는 뜻이기도 하다.

훈용강은 진검룡의 말뜻을 알아들었지만 자신을 이 지경으로 만든 위용을 이대로 놔두고 떠날 수는 없을 것 같았다.

"이놈을 내 손으로 죽일 수 있게 해준다면 무슨 대가라도 치르겠습니다."

진검룡은 훈용강에게 물었다.

"이름이 뭐냐?"

"훈용강입니다."

이번에는 위용에게 물었다.

"너는?"

대답하지 않을 이유가 없다.

"위용."

진검룡은 훈용강과 위용 중간에 섰다.

"내가 훈용강 너를 구하고 위용도 구하면 안 되겠느냐?"

"왜 그래야 합니까?"

"말했잖느냐? 내게 너희 둘은 똑같은 존재다."

"그게 뭐 어떻다는 겁니까?"

"위용이 내게 널 죽여달라고 부탁할 수도 있다."

"……."

"그럴 경우 내가 어떻게 해야 하겠느냐?"

＊　　　　＊　　　　＊

진검룡에게 훈용강과 위용은 똑같은 비중이라고 했다. 그렇다면 위용이 진검룡에게 훈용강을 죽여달라고 부탁하는 것이나 훈용강이 위용을 죽일 수 있도록 해달라는 것이나 진검룡에겐 같은 의미인 것이다.

진검룡이 위용에게 물었다.

"내가 이 녀석을 죽여주기를 원하느냐?"

위용은 짧게 대답했다.

"아니다."

"어째서 그런 것이냐?"

"저놈을 잡아가는 것이 내 임무다. 하지만 타인의 도움을 받으면 내 임무에 먹칠을 하는 것이다."

진검룡은 훈용강을 쳐다보았다.

"그렇다는군."

훈용강은 진검룡의 말뜻을 알아차렸다. 너희 둘 다 타인이므로 타인의 원한에 개입하고 싶지 않다는 것이다.

훈용강은 위융을 쏘아보다가 고개를 숙이고 한 걸음 뒤로 물러났다.

진검룡은 위융에게 말했다.

"네 수하들에게 공격하지 말라고 명령해라."

진검룡은 위융의 사내다움이 마음에 들어서 탈혼사들을 몰살시키고 싶지 않았다.

그는 싸움이 시작되면 자신이 패할 거라는 생각은 추호도 하지 않았다.

진검룡은 민수림에게 걸어가면서 훈용강에게 고개를 끄떡여 보였다.

"따라와라."

그가 민수림 오른쪽에 서자 그녀가 그와 청랑의 팔을 다른 사람들이 보지 않도록 살짝 잡았다.

진검룡은 훈용강의 어깨에 팔을 둘러서 단단하게 잡았다.

위융은 미간을 좁히고 어금니를 힘껏 악문 모습으로 진검룡 일행을 쏘아보고 있다.

위용은 정면 이 장 거리에 나란히 서 있는 네 사람 중에서 진검룡을 눈알이 빠질 정도로 뚫어지게 쏘아보면서 한 자 한 자 혈서를 쓰는 것처럼 중얼거렸다.

"검황천문을 적으로 삼는 것은 우매한 짓이다."

진검룡은 빙그레 웃었다.

"그렇다면 나는 이미 우매하군."

"무슨 뜻이냐?"

위용은 무슨 뜻이냐고 묻는 것과 동시에 진검룡의 말뜻을 알아차렸다. 그의 말인즉 그가 이미 검황천문과 적대 관계라는 뜻이다.

그때 탈혼사들이 진검룡 일행을 향해 포위망을 좁히자 위용이 명령했다.

"물러서라!"

"분부주!"

조장 한 명이 착잡한 얼굴로 자신을 쳐다보자 위용은 무거운 표정을 지었다.

"너희들 상대가 아니다. 보내줘라."

"하지만……"

위용은 더 이상 말하지 않았다. 이런 상황이 비참하기로는 탈혼사들보다 그 자신이 몇 배나 더할 터이다.

그러나 진검룡 일행을 막았다가는 위용 자신을 비롯한 열 명의 탈혼사들이 전멸을 당하고 말 것이다.

그러고 나서 진검룡 일행은 아무 일 없다는 듯이 유유히 떠날 것이다.

그걸 예상하기에 수하들을 제지하는 것이다. 개죽음당할 필요는 없다.

진검룡과 청랑의 팔을 잡은 민수림이 수직으로 둥실 솟구쳐 올랐다.

스으…….

마혈이 제압된 위융은 눈을 치뜨면서 진검룡 일행을 주시하다가 그들이 십 장 이상 치솟자 눈알이 빠질 것 같아서 더 이상 쳐다보지 못했다.

도선에서 밤하늘로 높이 떠올랐다가 무진현 쪽 포구로 향하던 민수림이 아래를 보면서 전음을 보냈다.

[검룡, 저길 보세요.]

그렇지 않아도 진검룡 역시 아래쪽을 보다가 포구에 수십 명의 무사들이 모여 있는 광경을 막 발견하고는 조금 놀라고 있는 중이다.

그들은 도선이 떠 있는 강 쪽을 향해서 질서 있게 대열을 지어 서 있는데 약 삼십여 명이다.

그중 우두머리인 듯한 한 명이 진검룡 일행이 떠 있는 밤하늘을 올려다보고 있었다.

그것은 그 한 명만이 진검룡 일행이 도선에서 밤하늘로 떠

오른 것을 목격했다는 뜻이다.

진검룡은 자신들 쪽을 올려다보고 있는 인물이 다름 아닌 무진현의 지배자, 대승방의 방주 고범이라는 사실을 한눈에 알아보았다.

캄캄한 밤인 데다 진검룡과 고범의 거리가 이십여 장이나 되지만 그런 것은 전혀 문제가 되지 않았다. 진검룡의 공력은 이제 이백 년 수준이라서 칠흑 같은 밤이라고 해도 수백 장까지 대낮처럼 볼 수가 있다.

그렇지만 고범은 진검룡 일행 쪽을 보고 있기는 한데 또렷하게 보이지 않았다.

아마도 그의 눈에는 도선에서 무언가 시커먼 한 덩어리가 수직으로 솟구쳤다가 하나의 먹구름처럼 포구 쪽으로 둥실거리며 날아오는 것으로 보일 터이다.

[저들이 왜 저러고 있는 것 같습니까?]

무림의 상식에 대해서 아는 것이 거의 없고 경험마저도 없는 진검룡이 민수림에게 전음으로 물었다.

[예우(禮遇)인 것 같아요.]

[예우가 뭡니까?]

진검룡은 무림의 상식도 모르고 경험도 없는 데다 결정적으로 매우 무식하다.

민수림은 포구 쪽 상공으로 미끄러지듯이 날아가면서 차분하게 설명했다.

[저 사람은 검황천문이 인정한 무진현 대승방의 방주잖아요? 그러니까 그는 자신이 관할하고 있는 영역 안을 지나가고 있는 검황천문 휘하 탈혼사들을 암중에서 조용히 배웅하고 있는 것이지요.]

[아…….]

진검룡은 문득 신월방주 초역기라는 자가 생각났다. 그는 탈혼사들이 식사를 하고 있는 무진현의 주루에 찾아와서 두 손을 비비면서 아부를 떨다가 애꿎은 최측근 두 명만 청랑에게 잃고서 비참하게 쫓겨 갔다.

그런데 고범은 보이지 않는 곳에서 드러내지 않고 자신의 역할을 다하고 있다.

[저런 인물이 진짜로군요.]

[그렇다고 할 수 있죠.]

민수림은 진검룡에게 결정권을 주었다.

[어떻게 할까요?]

[부딪치지 말고 그냥 갑시다.]

진검룡 일행이 고범 앞에 모습을 드러내면 훈용강을 구한 사실이 드러날 수밖에 없다.

그리되면 고범으로서는 진검룡 일행에게서 훈용강을 되찾으려고 할 터이다.

그렇게 하는 것이 검황천문에 충성을 맹세한 휘하의 본분이기 때문이다.

그러지 않는다면 검황천문을 배신하는 것이므로 그러지 않을 가능성은 희박하다.

진검룡은 교활한 초역기하고는 비교도 할 수 없을 만큼 곧고 올바른 고범이 내심 마음에 들었기에 그와 부딪치지 않으려는 것이다.

민수림은 조금 더 상승하여 지상에서 삼십여 장 높이에서 고범의 머리 위를 지나갔다.

고범은 고개를 잔뜩 뒤로 젖혀서 머리 위를 쳐다보다가, 갑자기 시커먼 물체가 시야에서 사라지자 두리번거리면서 찾다가 잠시 후에는 포기하고 말았다.

훈용강은 슬쩍 민수림을 쳐다보았다. 깊은 방립 아래에 그녀의 모습이 찬란하게 빛나고 있다.

"……!"

챙 넓은 방립이 그녀 얼굴에 짙고 어두운 그늘을 만들어주었지만 훈용강 정도의 고수에게는 문제가 되지 않았다.

그는 그녀의 전무후무한 절세미모에 눈이 뒤집힐 정도로 경악하고 말았다.

그는 천하 어딘가에 미녀가 있다는 소문을 들으면 밤잠을 설쳐가면서 수천 리 길을 마다하지 않고 찾아갈 정도로 미녀를 좋아한다.

그렇게 해서 지금껏 여러 미녀들을 만났고 실제 크게 감탄했었지만 그녀들 모두 민수림에 비하면 월광과 반딧불이의 엄청난 차이가 났다.

그는 오늘에서야 비로소 천하절색미녀가 어떤 여자를 가리키는 것인지 깨달았다.

훈용강의 별호인 삼절사존의 '삼절(三絶)'은 그의 절대적인 능력 세 가지를 가리키는 것이다.

삼절은 검절(劍絶), 환절(幻絶), 염절(艶絶)이며 그중 하나인 염절이 그를 가장 유명하게도, 무림의 공적(公敵)으로 만들기도 했다.

물론 검절과 환절도 유명하지만 뭐니 뭐니 해도 삼절사존 하면 염절이 첫손가락을 꼽는다.

염절이란 훈용강이 미녀를 밥이나 술보다 좋아하는 것과 여자에 대한 탁월한 능력을 가리킨다.

한마디로 그는 대단한 호색한이며 한번 점찍은 여자는 반드시 소유하고야 마는 것으로 유명하다. 오죽하면 염절이라는 별호를 얻었겠는가.

들리는 소문으로는 훈용강에게 염안력(艶眼力)이라는 신비한 능력이 있으며, 그가 그것을 발휘하여 단 한 번이라도 눈이 마주친 여자는 다음 순간 스스로 그의 품에 몸을 던지면서 사랑을 애걸한다는 것이다.

훈용강은 지금까지 십오 년 동안 천 명이 넘는 여자들을 정복했었지만 그녀들은 지금 보고 있는 민수림의 미모에 비하면 발끝에도 미치지 못했다.

그때 따가운 시선을 느꼈는지 민수림이 이쪽을 쳐다보자 훈용강은 급히 고개를 돌려 정면을 응시했다.

그는 방금 전에 순간적으로 민수림에게 연심(戀心)을 품었는데 그 상태에서 그녀와 눈이 마주치면 자칫 염안력이 발휘될 수가 있는 것이다.

훈용강은 자신의 왼쪽 옆얼굴에서 민수림의 시선이 거두어지는 것을 느꼈지만 다시는 그녀를 쳐다보지 않았다.

그녀를 자신의 여자로 만들 것인지 아닌지 갈등하고 있기 때문이다.

그는 자신이 마음만 먹으면 그녀를 언제든지 자신의 소유로 만들 수 있다고 확신하고 있다.

지금까지 천 명 넘는 미녀들에게 염안력을 전개했지만 단 한 번도 실패한 적이 없었다.

물론 그녀들하고는 한 여자도 빠짐없이 사랑을 나누었으나 길어야 한 달을 넘기지 못했다.

지금 훈용강이 갈등하는 것은 자신을 구해주면 진검룡의 수하가 되겠다고 약속을 했기 때문이다.

그는 이날까지 사파에 몸담고 살아오면서 무수한 악행을 저질렀다.

그중에서도 순진한 소녀들을 꾀어서 자신을 사랑하게 만들고 또는 현모양처 유부녀들과 한순간의 뜨거운 불륜을 저지르고는 그녀들을 헌신짝처럼 버려서 절망에 빠지게 만든 죄가 가장 컸다.

그렇지만 그는 여태껏 자신의 입으로 한 약속을 어겼던 적이 단 한 번도 없었다.

그만큼 약속을 중하게 여기는 그다. 약속을 지키지 않는 인간은 살 가치가 없다고까지 생각하고 있다. 그런 그가 삼생을 산다고 해도 만나지 못할 천하절색미녀 때문에 갈등하고 있는 것이다.

평생 단 한 번도 깬 적이 없는 약속을 깨면서까지 민수림을 자신의 여자로 소유하고 싶은 것이다. 그녀는 그 정도로 아름다웠다.

그러나 그는 오래지 않아서 민수림을 포기하고 진검룡의 수하로서 남은 생을 살아가기로 마음을 굳혔다.

갈등은 별로 길지 않았고 그렇게 해서 내린 결심은 반석처럼 굳었다.

여자는 포기하면 되지만 약속을 깨면 그는 살 가치가 없는 존재가 돼버리기 때문이다. 약속을 깨는 것은 그의 삶 전체를 송두리째 포기하는 것이다.

진검룡 일행은 다시 무진현으로 돌아와서 하룻밤 묵기 위하여 객점에 들렀다.

위융을 비롯한 탈혼사들은 훈용강을 탈취한 진검룡 일행이 설마 무진현의 객점에서 묵을 것이라고는 꿈에서조차 상상하지 못할 것이다.

이곳에서 하룻밤 묵는 이유는 훈용강이 중상을 입었기 때문에 우선 그를 치료하려는 것이다.

또한 동천목산을 떠난 이후 줄곧 바깥에서 풍찬노숙을 했었기 때문에 다들 하룻밤 편하게 쉬려는 목적도 있다.

그래서 진검룡은 객방 두 개를 얻었다. 자신과 훈용강이 한 방을 쓰고 다른 방은 민수림과 청랑이 쓰려는 것이다.

진검룡이 훈용강과 한 방을 쓰려는 이유는 그를 치료하려는 의도에서다.

그런데 청랑이 자신은 진검룡의 종이기 때문에 곁에서 시중을 들어야 한다면서 그의 방으로 왔다.

청랑의 고집을 잘 알고 있는 진검룡은 그녀를 내쫓지 않고 훈용강의 치료를 시작했다.

그는 상처 치료를 해본 적이 없기 때문에 민수림의 도움을 받기로 했다.

즉, 민수림이 훈용강의 상처를 보고 어떻게 치료하라고 지시하면 그대로 실행하려는 것이다.

그런데 먼저 훈용강의 상처를 보려고 옷을 벗으라고 하는데 민수림이 기겁했다.

"안 되겠어요. 나는 옆방에 가 있을게요."

"수림, 그럼 이 친구는 어떻게 합니까?"

민수림은 이미 방을 나가서 전음을 보냈다.

[검룡이 먼저 그의 상처를 보고서 나한테 알려주면 치료법을 가르쳐 줄게요.]

[알았습니다.]

진검룡은 민수림이 낯선 사내의 벗은 몸을 보지 않겠다고 하는 것이 은근히 기뻤다.

그녀는 진검룡의 알몸은 질리도록 많이 본 것만이 아니라 부둥켜안고 자기도 했고 그보다 더한 일도 비일비재했다.

그러니까 그렇게 하는 남자는 짐검룡 한 사람으로 족하다는 뜻으로 받아들인 것이다.

진검룡은 청랑도 나가 있으라는 뜻으로 쳐다봤더니 그녀는 차분하게 두 손을 앞에 모으고 말했다.

"저는 괜찮아요. 주인님을 돕겠어요."

第四十章

순정기의 신비

　아랫도리 속곳 하나만 입은 채 침상에 누워 있는 훈용강의
상처는 예상했던 것보다 훨씬 심했다.

　가장 큰 상처는 관자놀이에서 뺨에 이르는 깊고 긴 검에 베
인 상처이다. 목과 가슴, 옆구리에 깊이 찔리고 베인 상처는
지혈만 해놓은 상태다.

　진검룡은 상처를 보면서 눈살을 찌푸렸다.

　"지독하군."

　"죄송합니다."

　그런데도 훈용강은 추호도 아프지 않은 듯 덤덤한 얼굴로
누워 있다.

그는 진검룡에게 치료를 내맡기고 누워 있으면서 기대 반 걱정 반의 심정이다.

진검룡이 치료를 잘하면 다행이지만 그렇지 않으면 실망할 것 같기 때문이다.

훈용강은 키가 꽤 크고 후리후리한 체격이라는 점이 진검 룡과 비슷했다.

더구나 구릿빛 탄탄한 근육질에 복부에는 왕(王) 자가 뚜렷 하게 새겨져 있다.

며칠이나 면도를 하지 않아서 수염이 덥수룩하고 머리카락 이 헝클어졌지만 꽤나 준수한 용모다.

아니, 준수하기보다는 호남형이라서 여자들이 꽤나 잘 따 를 것 같다.

"너 몇 살이냐?"

"서른다섯입니다."

진검룡의 물음에 훈용강은 공손히 대답했다.

그때 옆방에 있는 민수림의 전음이 들렸다.

[검룡이 한번 시도해 볼 만한 수법이 생각났어요.]

[그게 뭡니까?]

[손에 순정기를 일으켜서 상처에 대고 주입해 보세요.]

[순정기로 치료하는 겁니까?]

[정확하게 기억나지 않지만 지정극한수와 만천극열수는 삼 라만상 천지간의 근본이 되는 순정기이므로 아무리 깊은 상

처라도 치료할 수 있는 것으로 알고 있어요.]

진검룡은 반색했다.

[그렇습니까? 그럼 당장 해보겠습니다.]

훈용강은 경험이 풍부한 데다 눈치가 빠른 사람이라서 민수림이 어째서 옆방에 있는지 이미 짐작했다.

그리고 지금 진검룡이 그녀와 전음으로 자신의 상처 치료에 대해서 의논하고 있다는 사실도 알 수 있었다. 그런 생각을 하니까 왠지 기분이 흐뭇했다. 이런 기분은 예전에는 한 번도 느껴본 적이 없는 것 같았다.

진검룡은 제일 먼저 훈용강의 목에 난 상처에 커다란 손바닥을 덮었다.

순정기를 일으키는 것은 숨 쉬는 것만큼이나 쉬워서, 그러겠다고 마음을 먹자마자 순정기가 그의 손바닥을 통해서 훈용강의 목의 상처로 부드럽게 주입되었다.

"으음……"

그런데 훈용강이 갑자기 움찔하더니 몸이 뻣뻣하게 굳어지고 눈을 부릅떴다.

진검룡은 그가 잘못되는 것이 아닌가 싶어서 움찔 놀라 급히 목의 상처에서 손을 뗐다.

"……!"

그런데 막 손을 뗀 목의 상처를 본 진검룡의 눈이 커다랗게 떠졌다.

조금 전까지만 해도 두 치 깊이로 깊게 패어서 쩍 갈라지고 뼈가 드러난 상태라 매우 보기 흉했던 상처가 감쪽같이 사라지고 아주 말끔해졌다.

그 자리에 대신 까만 딱지가 붙어 있는데 진검룡이 손을 대니까 그나마도 부스스 스러져서 흩어져 버렸다.

진검룡은 자신이 해놓고서 누구보다 놀라 몇 번이나 자세히 들여다보았다.

'굉장하다⋯⋯!'

그런데 그의 시선이 훈용강의 가슴에 이르렀다가 화등잔처럼 커졌다.

오른쪽 가슴에 비스듬히 베인 깊은 상처가 있었는데 거기에도 거뭇거뭇한 딱지가 앉아 있는 것이다.

그래서 진검룡이 손으로 문지르자 딱지가 먼지처럼 흩어지더니 단단한 가슴 근육이 드러났다.

그때 퍼뜩 머리를 스치는 것이 있어서 급히 다른 상처들을 살펴보니까 맙소사! 훈용강의 온몸에 났던 십여 개의 크고 작은 상처들이 모조리 감쪽같이 완치가 됐다. 아예 처음부터 다친 적이 없었던 것 같다.

진검룡은 눈으로 보고서도 믿어지지 않아서 다시 한번 상처들을 꼼꼼하게 살펴보았으나 헛것을 본 게 아니라 정말로 상처들이 다 완치가 됐다.

그러니까 상처에 손바닥을 대고 순정기를 주입했기 때문이 아니라 훈용강의 체내에 순정기를 주입한 것만으로 모든 상처가 다 완치된 것이다.

이것은 놀라움을 넘어서 경이로운 일이다. 눈으로 똑똑히 보고서도 믿어지지가 않는다.

이것은 제아무리 극심한 중상을 입었어도 그가 순정기만 주입하면 다 살릴 수 있다는 뜻이 아닌가.

'믿어지지가 않는구나……!'

훈용강은 온몸 여기저기 지독하게 아프던 고통이 한순간에 씻은 듯이 사라지자 눈을 뜨고 어리둥절한 얼굴로 진검룡을 쳐다보며 물었다.

"주군, 무슨 일입니까?"

진검룡은 정신이 수습되지 않은 채 중얼거렸다.

"치료 끝났다."

"네?"

"일어나서 직접 확인해 봐라."

훈용강은 진검룡이 무슨 말을 하는지 이해하지 못한 상태에서 상체를 일으키면서 무심코 목의 상처를 손으로 만져보다가 흠칫 놀랐다.

그런데 목의 상처가 만져지지 않았다. 그뿐만 아니라 조금도 아프지 않았다.

"이게 도대체……."

그는 이번에는 이끌리듯이 자신의 얼굴을 만져보았다. 조금

전까지만 해도 관자놀이와 뺨에 비스듬히 깊게 그어진 검상
이 있었다.

설혹 상처가 아물더라도 죽을 때까지 흉터가 지워지지 않
을 만큼 깊은 상처였다.

그는 혹시 자신이 잘못 알고 있나 싶어서 반대쪽 뺨을 만져
보았지만 거기도 깨끗했다.

이쯤 되니까 도대체 어느 쪽 뺨에 상처가 있었던 것인지 헷
갈릴 정도다.

아니면 아예 처음부터 관자놀이에 상처 같은 것은 없었던
것인지도 모른다.

훈용강의 상처들이 말끔하게 치료된 것을 보고 청랑이 진
검룡에게 공손하게 물었다.

"주인님, 술상 차릴까요?"

"응? 아… 그래라."

너무 놀라서 정신이 없기는 진검룡도 마찬가지라서 그녀의
말에 퍼뜩 정신이 들었다.

진검룡은 청랑을 뒤따라서 문 쪽으로 걸어가며 훈용강을
돌아보았다.

"술 마실 줄 알면 너도 마시러 와라."

정신이 하나도 없는 훈용강은 대답도 하지 못하고 반쯤 정
신 나간 모습으로 자신의 몸뚱이만 부지런히 살폈다.

훈용강은 처음에 진검룡에게 구해졌을 때 순전히 약속 때문에 그의 수하가 되고자 했었다.

그러나 이제는 진검룡이 싫다고 해도 그의 바지를 붙잡고 매달려서라도 수하가 되겠다고 간청하고 싶어졌다.

진검룡이 훈용강 자신 같은 것은 단지 한 손가락으로 튕겨서 제압할 수 있을 정도의 엄청난 초극고수라는 사실을 알았기 때문이다.

훈용강은 사파의 사존이라는 지엄한 신분이지만 진검룡에 비하면 독수리와 참새 같은 존재라고 생각했다. 아니, 어쩌면 봉황과 메뚜기 같은 차이일지도 모른다.

진검룡 일행은 무진현 내의 주루 겸 객점 이 층에서 술을 마시고 있다.

이곳은 아까 위용을 비롯한 탈혼사들이 식사를 했던 주루보다 규모가 더 크고 좋은 곳이다. 무진현 내에서 가장 좋은 주루라고 할 수 있다.

탁자에 진검룡과 민수림, 청랑, 훈용강이 둘러앉아서 술을 마시고 있다.

진검룡과 민수림이 나란히 앉고 맞은편에 청랑과 훈용강이 마주 보고 나란히 앉았다.

훈용강은 수하의 신분이라서 자리에 앉지 않으려고 했는데 진검룡이 앉아서 함께 마시자는 말에 망설이지 않고 즉시 자리에 앉았다.

훈용강은 그런 것을 사양하는 성격이 아니고 또 진검룡의 말을 명령으로 받아들였다.

더구나 종인 청랑이 주인인 진검룡하고 같은 탁자에 턱 하니 앉아 있는 것을 보고는 진검룡이 예의를 따지는 사람이 아니라는 사실을 알게 되었다.

원래 훈용강은 상하의 위계질서를 상당히 중히 여겼었는데 진검룡의 이런 혁파도 나쁘지 않다는 생각이다.

"용강, 너는 어떻게 된 것이냐?"

진검룡이 훈용강에게 어쩌다가 검황천문의 탈혼사들에게 제압되어 끌려가는 신세가 된 것이냐고 물었다.

훈용강을 수하로 거두었으니 당연히 알아야 할 일이고 그가 사실대로 말해주지 않는다면 수하가 될 자격이 없는 것으로 봐야 한다.

"그게……"

훈용강은 조금 쑥스러운 표정을 짓더니 곧 공손한 자세로 대답했다.

"예전에 남천의 소천주가 저를 좋아했습니다."

진검룡과 민수림, 청랑은 훈용강의 말을 이해하지 못하고 의아한 표정을 지었다.

'남천의 소천주'라는 것에 대해서 아는 것이 전혀 없기 때문이고 남천의 소천주가 훈용강을 어째서 좋아하는지, 그게 뭐

어때서 검황천문에 잡혀가는 신세가 됐는지 도무지 연결이 되지 않았다.

"무슨 뜻이냐?"

원래 훈용강은 말을 돌려서 하지 못하는 직접적인 성격인데 그것 때문에 많은 오해와 다툼이 있었다.

"검황천문 태문주(太門主)의 셋째 딸이 저를 좋아하는데 저는 그녀를 좋아하지 않습니다."

진검룡이 알은척을 했다.

"그렇다면 검황천문 태문주가 너를 강제로 그녀와 맺어주려고 납치한 것이라는 말이냐?"

"태문주의 의도에 대해서는 자세히 모르지만 아무래도 그런 것 같습니다."

"너는 태문주의 셋째 딸을 좋아하지 않는다는데 강제로 맺어주려고 하다니 나쁜 놈들이로구나."

훈용강은 머쓱한 표정을 지었다.

"꼭 그런 것만은 아닙니다."

눈치라고 하면 저잣거리에서 닳고 닳아서 점쟁이 쩜 쪄 먹을 정도로 이력이 난 진검룡이다.

"너 뭔가 있는 것이냐?"

훈용강은 조심스럽게 물었다.

"혹시 주군께선 제가 누군지 모르십니까?"

"훈용강이라고 하지 않았느냐?"

훈용강은 자신이 누군지 알고 진검룡이 구해준 것이라고 짐작했는데 이제 보니 그게 아니었다.

진검룡이 훈용강의 신분을 모르고 구해주었다면 그가 훈용강에게 원하는 것이 아무것도 없다는 뜻이다.

지금 생각해 보니까 진검룡이 훈용강더러 구해주면 수하가 되겠느냐고 물은 것은 훈용강을 절실하게 수하로 삼으려는 의도가 아니라 그냥 되면 말고 안 되면 그만이라는 심정이었던 것 같다.

그런데도 훈용강을 구해주었으므로 그는 진검룡에 대한 존경심이 조금 전보다 더욱 커져만 갔다.

훈용강이 진검룡을 만난 지는 이제 하루도 지나지 않았지만 그를 놓치면 죽을 때까지 평생을 두고 후회할 것이라는 생각이 들었다.

어쨌든 진검룡 등이 훈용강의 신분을 모르기 때문에, 이렇게 되면 훈용강이 자신의 입으로 모두 설명해야만 하는데 그게 그렇게 쉬운 일이 아니다.

그가 자신이 어떤 사람이며 무슨 짓을 저질렀는지 치부를 낱낱이 드러내야 하는 것이다.

그렇다고 해서 그것을 기피하거나 치사하게 변명을 늘어놓을 그가 아니다.

삼절사존의 솔직함이라고 하면 사해가 다 알고 산천초목이 인정하고 있는 바이다.

"저는 삼절사존이라고 합니다."

훈용강이 그렇게 말해놓고서 진검룡과 민수림, 청랑을 살펴보니까 표정의 변화가 없다.

진검룡 등이 자신을 모르고 있다는 것에 대해서 실망하면서도 왠지 안도하는 마음도 들었다.

"사파인이냐?"

삼절사존에 '사' 자가 들었기 때문에 묻는 것이다.

또한 '사파인'이냐고 묻는 걸 보면 진검룡은 삼절사존이라는 별호를 들어본 적이 없는 게 분명하다.

무림인이면서 삼절사존을 모른다는 것은 이해하기 어려운 일이지만 지금은 그런 걸 따질 때가 아니다. 진검룡 같은 기인이라면 삼절사존을 모를 수도 있다.

그는 아마도 세외에 은거한 전대기인이 반로환동했거나 그와 버금가는 신비한 이력을 지닌 인물일 것이다.

"그렇습니다."

사파인이라고 하는데도 진검룡은 물론이고 민수림과 청랑도 다른 사람들처럼 비웃거나 무시하는 표정을 짓지 않았다.

훈용강은 한 차례 심호흡을 하고 나서 말을 이었다.

"저는 여자를 매우 좋아합니다."

진검룡은 별일이라는 듯 싱긋 웃었다.

"남자치고 여자 싫어하는 사람 있나?"

훈용강은 민수림을 힐끗 보고 나서 말했다.

"저는 하루도 여자하고 잠자리를 같이하지 않으면 견디지 못하고 병이 날 정도입니다."

"잠자리?"

다음 순간 진검룡과 민수림, 청랑은 훈용강이 말한 '잠자리'라는 뜻을 거의 동시에 알아차렸다.

＊　　　　＊　　　　＊

민수림과 청랑은 똑같이 얼굴을 확 붉혔고 진검룡은 놀라는 얼굴로 훈용강을 쳐다보았다.

"여자하고의 동침을 말하는 것이냐?"

"그렇습니다. 웬만한 여자들은 저하고 하룻밤 잠자리를 하고 나면 척추가 나가고 앉은뱅이가 됩니다."

진검룡은 어리둥절한 표정을 지었다.

"잠자리했다고 척추가 나가고 앉은뱅이가 돼? 왜?"

그때 훈용강은 알았다. 진검룡과 민수림, 청랑 세 사람은 한 번도 이성과 잠자리를 해본 적이 없는 숫총각과 숫처녀들이라는 사실을.

훈용강은 지금까지 누군가에게 자신에 대해서 솔직하고도 장황하게 설명한 적이 한 번도 없었고 그럴 필요도 없었지만 지금은 그래야만 할 것 같다고 생각했다.

진검룡이 어이없다는 듯 물었다.

"그런 게 있습니다."

"너는 매일 여자하고 동침해야 한다는 말이냐?"

"그렇습니다."

진검룡은 민수림과 청랑이 합석하고 있다는 사실을 모르기라도 한 듯 흥미진진한 얼굴로 물었다.

"그걸 하지 않으면 어떻게 되느냐?"

훈용강은 씁쓸한 표정을 지었다.

"죽을 것 같습니다."

"죽지는 않고?"

"잘 모르겠습니다. 제가 진짜로 죽을 정도로 오랫동안 여자하고 하지 않았던 적이 없었습니다. 하여튼 죽을 것처럼 괴롭습니다."

민수림과 청랑은 두 사람이 나누는 대화 내용 때문에 고개를 숙이고 술잔을 만지작거리고 있는데, 그걸 모르는 진검룡은 더욱 흥미진진한 표정으로 외려 훈용강 쪽으로 조금 더 바싹 다가앉았다.

"얼마나 오래 하지 않으면 그렇게 괴로운 것이냐?"

"현재 닷새 동안 못 했는데 갈수록 호흡이 곤란해지고 피곤하기 짝이 없으며 눈이 붉게 충혈되어 사물을 분간하는 것이 어렵습니다."

진검룡이 눈을 깜빡거리면서 훈용강을 주시하다가 말했다.

"너, 지금 그런 상태인 것 아니냐? 눈이 빨간데?"

훈용강은 뜨끔했으나 고개를 숙였다.

"그렇습니다. 검황천문 놈들 때문에 닷새 동안 여자를 안지 못했습니다."

진검룡은 동정 어린 표정을 지었다.

"그럼 너 지금 죽을 것 같은 것이냐?"

"그… 렇습니다."

진검룡의 눈이 보석처럼 반짝거렸다.

"여자하고 그거… 잠자리를 하면 씻은 듯이 낫는 것이냐?"

"그… 렇습니다."

진검룡은 두리번거리며 자기가 조바심을 냈다.

"그럼 어떻게 하나? 한시바삐 여자하고 그걸 해야……."

그러다가 얼굴이 붉어진 채 고개 숙이고 있는 민수림과 청랑을 발견하고 정신이 번쩍 들었다.

진검룡은 옆에 앉은 민수림 허리에 팔을 두르고 자기 쪽으로 바싹 끌어당기며 훈용강을 노려보았다.

"너 이 사람은 절대 안 된다."

"네?"

훈용강이 놀라서 그와 민수림을 번갈아 쳐다보자 그는 민수림을 더욱 세게 안으면서 버럭 낮은 호통을 쳤다.

"너 이 사람은 쳐다보지도 마라!"

"아… 알겠습니다."

훈용강은 민수림에게서 시선을 거두며 급히 고개를 숙

였다.

민수림은 자신의 허리를 잔뜩 옥죄고 있는 진검룡의 팔을 풀면서 미소 지었다.

"그러지 않아도 된다."

그녀가 거침없이 하대를 했지만 훈용강은 추호도 기분이 나쁘지 않고, 오히려 그녀라면 당연히 그래야 한다는 생각마저 들었다. 그 정도로 그녀는 고귀함이 전신에서 뭉클뭉클 뿜어져 나왔다.

"네?"

하지만 민수림이 '그러지 않아도 된다'고 한 말뜻이 궁금해서 훈용강은 고개를 들고 그녀를 쳐다보았다. 그러면서 염안력을 발휘하지 않으려고 무진 애를 썼다.

민수림은 잔잔한 미소를 지으며 말했다.

"나를 여자로 대하지 않으면 된다. 그러면 다른 것들은 문제 될 것이 없을 게야."

진검룡은 다시 한번 민수림 허리에 팔을 두르고 잡아당기면서 훈용강에게 강한 다짐을 주었다.

"이 사람은 내 거다. 알아들었느냐?"

진검룡은 훈용강이 천 명 이상의 여자와 동침을 하고 또 그녀들을 가차 없이 버렸으며, 여자와 동침을 하지 않으면 죽을 것 같다는 말을 아까 들었기 때문에 그제야 민수림 걱정이 된 것이다.

"그만해요."

민수림이 다시 진검룡의 팔을 풀고 빠져나가자 그는 짐짓 험악한 표정으로 그녀를 다그쳤다.

"왜 그럽니까? 수림 내 거 아닙니까?"

그렇게 윽박지르면서 그는 그녀가 아니라고 대답할까 봐 은근히 걱정이 됐다.

민수림은 정색을 하고 진검룡을 보았다.

"검룡도 이제 그만하세요."

"수림."

"내가 검룡 여자인 것을 꼭 말로 해야 아나요?"

진검룡은 심장에 비수가 푹! 꽂힌 것 같은 감동을 먹었다.

'으헤헤… 기분 좋다……!'

그는 너무 기분이 좋은 나머지 훈용강이 청랑을 주의 깊게 살펴보고 있는 사실을 알지 못했다.

훈용강의 엉큼한 시선을 느낀 청랑이 바르르 치를 떨며 소리를 질러서야 알게 되었다.

"너… 이놈……! 나를 자꾸 이상한 눈으로 보면 눈알을 뽑아버릴 거다……!"

훈용강이 초조하고 다급한 표정으로 진검룡을 쳐다보며 애원조로 말했다.

"주군, 어떻게 이 아이는 안 되겠습니까? 저 지금 무지하게 급합니다……!"

진검룡은 청랑을 한 번 보고 나서 훈용강에게 물었다.

"랑아와 잠자리… 그걸 하겠다는 것이냐?"

"그… 렇습니다. 급합니다."

"그럼 랑아하고 혼인하여 백년해로하겠느냐?"

"그것은……."

청랑이 기함을 해서 얼굴색이 하얗게 질려 빽 소리 질렀다.

"주인님! 제가 저런 작자하고 왜 혼인을 합니까?"

진검룡이 훈용강에게 절레절레 고개를 저었다.

"잠시 데리고 놀 거면 그만둬라."

청랑은 두 주먹을 꼭 쥐고 쌔근거렸다.

"주인님은 정말……."

훈용강이 벌떡 일어나서 진검룡에게 허리를 굽혔다.

"주군, 어딜 좀 다녀오면 안 되겠습니까?"

진검룡은 그가 얼마나 다급하며 또 어딜 다녀오려는 것인지 짐작하고 고개를 끄떡였다.

"다녀와라."

슛…….

다음 순간 훈용강의 모습이 그 자리에서 사라지고 그의 목소리가 아련하게 들렸다.

"아침에 돌아오겠습니다."

술을 마시던 진검룡은 왼쪽 옆 창가 자리에 앉은 민수림에게 생각난 듯이 물었다.

"순정기에 치료를 하는 신비한 능력이 있는 줄 몰랐습니다. 아까는 정말 놀랐습니다."

민수림은 혼자서 세 병 이상 마셨는데도 얼굴색조차 변함이 없는 모습으로 설명했다.

"순정기는 우주 삼라만상의 근원이며 시작과 끝이에요. 우리가 알고 있는 것은 순정기의 일부분에 불과해요."

"그렇습니까?"

진검룡은 술도 세 병이나 마셔서 취기도 웬만큼 올랐으므로 깜짝 놀라는 척하면서 그녀 쪽으로 몸을 돌리며 은근슬쩍 손바닥을 그녀의 무릎에 얹었다.

민수림은 그의 작은 도발을 모르는 것처럼 신경 쓰지 않고 설명을 계속했다.

"지금보다 더 공부를 하면 순정기를 공력으로 변환하거나 순정강이나 순정강검으로 사용하는 것 이상의 무궁무진한 효능을 발견하게 될 거예요."

"수림이 계속 연구해 주십시오."

그렇게 말하면서 진검룡의 손이 구렁이처럼 스르르 그녀의 무릎을 쓸었다.

아니, 스며들려고 할 때 그녀가 가만히 그의 손을 잡고 손가락 두 개를 지그시 꺾었다.

"순정기에 대한 공부는 나 혼자 하는 게 아니라 우리 둘이 같이해야죠."

뿌지직…….

'끄아아…….'

진검룡은 손가락 두 개가 부러지는 고통에 처절한 비명을 질렀지만 입 밖으로 나오지 않았다.

민수림이 손가락을 꺾으면서 공력을 주입하여 그의 아혈을 제압했기 때문이다.

민수림이 손을 놓아주자 어이없게도 진검룡의 검지와 중지 두 손가락이 뿌리 쪽에서 부러져서 덜렁거리고 있다. 그녀가 손을 놓으면서 아혈도 풀렸다.

"으으… 수림… 손가락이 부러졌잖습니까……?"

민수림은 의자를 들고서 진검룡과 뚝 떨어져 앉으며 차갑게 말했다.

"엉큼한 손가락은 없는 게 나아요."

"그래도 이건 너무합니다. 손가락을 부러뜨리다니… 나는 이제 평생 불구가 됐습니다."

진검룡은 정말 울 것 같은 표정을 지었다. 왼손 검지와 중지라서 무림인으로 살기에는 큰 불편함은 없지만 그래도 손가락 두 개가 부러져서 뒤집어진 상태로 평생 살아야 한다는 것은 생각만 해도 끔찍했다.

더구나 사랑하는 민수림이 그에게 이런 짓을 했다는 사실이 무엇보다도 충격적이었다.

진검룡은 덜렁거리는 왼손을 민수림에게 내밀면서 울상을 지으며 징징거렸다.

"치료해 주십시오."

민수림은 차분하게 말했다.

"검룡 스스로 치료하세요."

진검룡은 억울하다는 표정을 지었다.

"왜 이러십니까? 수림이 부러뜨린 손가락을 도대체 내가 어떻게 치료한다는……."

거기까지 말하던 그는 말끝을 흐리고 뭔가 깨달은 듯한 표정으로 그녀를 쳐다보았다.

"이것도 순정기로 치료가 가능합니까?"

민수림은 술잔을 입으로 가져가면서 말했다. 그녀는 속으로 진검룡의 영특함에 적잖이 감탄했다.

"가능해요."

진검룡은 손가락이 아픈 것도 잊고 싱글벙글 웃었다.

"이제 보니까 수림은 그걸 가르쳐 주려고 일부러 내 손가락을 부러뜨린 거로군요?"

민수림은 술을 마시고 빈 잔을 내려놓았다.

"검룡이 엉큼한 짓을 해서 그랬다고 말했잖아요. 일부러라니 그런 짓은 하지 않아요."

"에이… 그게 아니면서."

"오른손 손가락마저 부러뜨려 줄까요?"

"아… 아닙니다."

청랑은 평균 열 호흡에 한 잔씩 마시는 민수림의 빈 잔에 때가 되면 정확하게 술을 따라주었다.

이즈음의 청랑은 진검룡을 주인으로서 따르고 좋아하지만 민수림도 진검룡만큼 좋아하게 되었다.

아니, 민수림 경우에는 좋아하는 것보다는 존경하고 또 흠모하는 것이다.

민수림은 매사에 빈틈이 없고 단정하며 자비롭고 온화한 데다 청랑을 동생처럼 아끼고 보듬어주었다.

그리고 결정적으로 청랑은 민수림의 언행을 보면서 많은 것을 배우고 있다.

학문적으로나 일상생활에서나 민수림은 청랑의 훌륭한 스승인 셈이다.

진검룡은 순정기로 부러진 손가락을 치료할 수 있다는 민수림의 말을 듣고는 어떤 방법으로 치료하는지에 대해서는 묻지 않았다.

순정기로 치료를 한다면 '어떻게'라는 것이 없다. 단 한 번의 경험이지만 그것에 의하면 그렇다. 그냥 순정기를 주입하면 되는 것이다.

진검룡은 허리를 펴고 꼿꼿한 자세로 앉아서 조금 긴장한 마음으로 왼손에 순정기를 주입했다.

그러자 순정기가 즉시 왼손에 가득 차면서 뭔가 아주 시원한 느낌이 들었다.

그런데 그때 청랑이 그에게 전음을 보냈다.

[주인님, 대승방 고범이 왔어요.]

이 층으로 오르는 계단은 나란히 앉아 있는 진검룡과 민수림의 뒤쪽이라서 보이지 않는다. 그렇지만 진검룡은 뒤돌아보지 않았다.

대승방주 고범이 이곳에 왔다면 진검룡을 만나러 왔을 테고 그다지 이상한 일이 아니다.

무진현은 대승방 관할이니까 진검룡 일행이 무진현에 다시 들어왔으며 이곳 주루에서 술을 마시고 있다는 사실은 일찌감치 대승방 촉각에 걸려들었을 것이다.

그러니까 그런 보고를 받은 고범이 진검룡을 찾아오는 것은 어쩌면 당연한 일이다.

만약 신월방 초역기였다면 불문곡직 전 수하들을 이끌고 총공격부터 했을 것이다.

고범이 혼자 왔다면 싸우려는 의도가 아닌 것만은 분명하다.

진검룡은 왼손 검지와 중지의 고통이 말끔하게 사라진 것을 깨달았다.

민수림이 말한 것처럼 순정기가 부러진 손가락을 말끔히 치료한 것이다.

그의 순정기가 다른 사람의 상처를 치료할 뿐만 아니라 그 자신도 치료한다는 새로운 사실을 알게 된 것은 그에게 큰 힘이 돼주었다.

第四十一章

좋은 친구

저벅저벅…….

고범이 혼자서 발소리를 내면서 진검룡 뒤쪽으로 천천히 걸어왔다.

혼자 오고 또 일부러 발소리를 낸다는 것은 진검룡 일행을 해칠 마음이 없다는 뜻이다.

진검룡과 민수림은 고범의 출현을 알지 못하는 것처럼 가볍게 술잔을 부딪치고는 입으로 가져갔다.

이윽고 고범이 진검룡 옆으로 와서 정중하게 포권을 하며 나직이 말했다.

"실례하겠소."

진검룡은 술이 많이 취한 게슴츠레한 눈으로 상체를 뒤로 젖히고 고범을 쳐다보았다.

"무슨 일이오?"

술이 꽤 취하기도 했지만 고범을 경계하지 않기 때문에 긴장하는 모습을 보이지 않았다.

고범은 포권을 풀고 담담한 표정으로 진검룡을 보았다.

"물어볼 것이 있소."

진검룡은 고개를 끄떡였다.

"간단한 것이라면 물어보시오."

고범은 이십 대 후반의 나이에 무림인이라기보다는 격조 높고 품위 있는 유생 같은 외모를 지니고 있으며 표정 또한 강인하지 않고 부드러웠다.

"귀하는 아까 무진현을 떠나지 않았소?"

고범은 말하면서 진검룡 옆에 앉아서 열어놓은 창밖을 응시하는 민수림의 옆모습을 무심코 슬쩍 보다가 움찔하면서 적잖이 놀랐다.

원래 고범은 여자에 대해서 무심할 정도로 흥미를 느끼지 않는 성격이다.

더구나 이미 혼인을 해서 자식까지 있는데 민수림을 보고는 순간적으로 크게 놀라면서 가슴이 두근거렸다. 맹세코 이런 적은 단 한 번도 없었다.

'도대체 이것은……'

그는 난생처음 느끼는 자신의 기이한 감정 상태에 놀라면서도 신기했다.

그것은 마치 선한 사람이 처음으로 나쁜 짓을 하기 직전의 두근거리는 심정 같았다.

민수림과 청랑은 객방에서 옷을 갈아입고 나오느라 방립을 쓰지 않아서 얼굴이 다 드러난 모습이다. 그 덕분에 아까부터 주루에서 한바탕 소동이 벌어지고 있었다.

민수림은 고범의 시선을 느꼈지만 모른 체했다.

진검룡은 고범이 질문을 해놓고서 민수림에게 정신이 팔린 것을 보고 미간을 좁혔다.

"귀하는 내 여자에게 볼일이 있소?"

진검룡은 민수림을 '내 여자'라고 당당하게 말했다.

"아……."

고범은 깜짝 놀라서 급히 시선을 거두면서 얼굴을 붉히고는 즉시 고개를 숙였다.

"결례했소. 용서하시오."

그는 자신이 실수했음을 솔직하게 인정하고 더 나아가서 사과를 했으며 진검룡은 변명을 늘어놓지 않는 그의 그런 점이 마음에 들었다.

"나는 아까 무진현을 떠났다가 마음을 바꿔서 다시 돌아왔소. 일행이 먼 길에 피곤해서 이곳에서 쉬기로 했소."

고범의 시선이 탁자의 진검룡 맞은편으로 향했다. 그는 탁자에 여자와 잠자리를 하러 떠난 훈용강까지 네 사람이 먹었던 흔적이 남아 있는 것을 보았다.

"일행이 몇 분이시오?"

"네 명이오."

진검룡은 솔직하게 대답했다.

"한 분은 어디에 가셨소?"

고범은 이 자리에 없는 한 명이 삼절사존이라고 짐작했다.

진검룡은 민수림과 술잔을 부딪치며 태연하게 말했다.

"여자와 잠자리하러 갔소."

그것 역시 솔직히 말했다.

민수림은 진검룡의 말 때문에 가볍게 놀라더니 곧 입가에 미소가 떠올랐다.

고범은 자신이 잘못 들은 것이라고 생각했다.

"무엇을 하러 갔다고 했소?"

진검룡은 조금 귀찮은 표정을 지었다.

"여자하고 동침하러 갔다고 말했소. 동침 모르오?"

"아……."

고범은 자신이 잘못 들은 게 아니라는 걸 알게 됐다. 그리고 그런 말을 거침없이 하는 진검룡에 대해서 의외라는 생각을 하게 되었다.

고범이 다시 물으려는데 진검룡이 턱으로 얼마 전까지 훈용강이 앉았던 빈자리를 가리켰다.

"길게 얘기할 거면 거기 앉으시오."

고범은 잠시 머뭇거렸다. 진검룡의 말인즉 저 자리에 앉든가 아니면 이제 그만 돌아가라는 뜻이다. 결국 고범은 훈용강 자리에 앉았다.

진검룡이 점소이를 불러서 고범의 젓가락과 술잔, 새 요리 하나를 주문했다.

고범은 기다렸다가 진검룡이 주는 술 한 잔을 받아 손에 쥐고 입을 열었다.

"단도직입적으로 묻겠소."

진검룡은 대답하지 않고 민수림의 빈 잔에 술을 따랐다.

"귀하가 항주의 전광신수요?"

"그렇소."

진검룡은 부인하지 않았다.

아까 탈혼사들과 초역기 등이 있는 주루에서 그가 자신의 이름을 진검룡이라고 밝혔다.

정보망이 제대로 된 방파나 문파라면 그 이름의 주인이 항주에서 온 전광신수라는 사실을 알아내는 일은 그리 어렵지 않았을 것이다.

고범은 묻지 않았지만 진검룡 옆에 앉은 민수림이 철옥신수이며 그래서 두 사람이 쌍신수일 것이라고 짐작했다. 소문에 의하면 전광신수와 철옥신수는 남녀이며 한 몸처럼 붙어 다닌다고 했었다.

고범은 진검룡을 똑바로 주시하면서 물었다.

"귀하가 삼절사존을 구했소?"

"그렇소."

진검룡은 가볍게 고개를 끄떡이며 선선히 시인했다. 굳이 숨길 이유가 없기 때문이다.

위용을 비롯한 열 명의 탈혼사들이 도선으로 격강을 건너다가 압송 중인 삼절사존을 누군가에게 탈취당했다는 사실은 더 이상 비밀이 아니다.

그 소문은 일파만파로 퍼져 나가서 현재 이 일대가 벌집을 쑤셔놓은 것처럼 뒤숭숭한 상황이다.

그런데 그 중대한 사건의 범인이 자신이라고 진검룡이 너무 태연하게 인정하는 바람에 고범은 적잖이 놀랐다.

더구나 진검룡은 멀리 달아나지도 않고 무진현으로 돌아와서 태연하게 술을 마시고 있잖은가.

그래서 고범은 혹시 진검룡이 자신을 과소평가하는 것이 아닌가 하는 생각마저 들었다.

진검룡은 고범에게 술을 따라주었으면서도 그에게 술을 마시라는 말을 하지 않고 자신만 술 한 잔을 더 마시고 나서 조금 오만하게 턱을 치켜들었다.

"그래서 용건이 뭐요?"

요즘 진검룡은 오만함이라든가 거만함, 자신만만함 같은 것에 재미가 들었다.

사실 검황천문 탈혼부 제팔분부주 위융은 격강을 건너는 도선에서 삼절사존을 진검룡 일행에게 탈취당한 직후, 그 일대 백여 리 이내의 검황천문 직계 휘하 방파와 문파들에게 일제히 전서구를 날렸다.

물론 진검룡 일행의 인상착의와 그들이 삼절사존을 탈취해서 도주했다는 사실, 그들을 수색하여 발견하는 즉시 포위망을 형성하여 빠져나가지 못하도록 하는 것과 동시에 검황천문에 긴급히 알리라는 내용이었다.

당연히 고범도 그 전서구를 받았다. 전서구의 서찰을 읽으면서 그는 자신이 격강 무진현 쪽 포구에 서 있다가 강 한복판의 도선에서 밤하늘로 커다랗고 시커먼 물체가 솟구치는 광경을 발견했던 것을 기억해 냈다.

그런데 이제 보니까 그것이 바로 진검룡 일행이었다.

고범은 차분하게 말했다.

"귀하는 오늘 밤 안으로 무진현을 떠나는 것이 좋겠소."

진검룡이 취했다고 하지만 고범의 의도를 모를 정도로 아둔하지는 않다.

검황천문은 진검룡 일행을 발견하면 포위망을 치고 검황천문에 알리라고 지시했는데 고범이 이러는 것을 보면 그럴 뜻이 전혀 없는 것 같다.

도망자들에게 떠나라고 하다니 이것은 검황천문을 배신하는 일이다.

"검황천문이 우릴 잡으라고 명령한 것이오?"

"그렇소."

진검룡은 대놓고 직설적으로 물었다.

"그런데 귀하는 어째서 우리더러 떠나라고 하는 것이오?"

고범의 눈빛이 가볍게 흔들렸다. 조금 당황했지만 그는 솔직함으로 밀고 나갔다.

"서로 상부상조하자는 것이오."

결국 그는 진검룡에게는 모든 것을 솔직하게 말하자는 쪽으로 결정을 내렸다.

"어려운 말 쓰지 말고 쉽게 말하시오."

진검룡은 '상부상조' 같은 어려운 문자를 쓰지 말라는 뜻으로 말했으나 고범은 말을 빙빙 돌리지 말고 까놓고 말하라는 쪽으로 받아들였다.

"본 문의 세력으로는 귀하 일행을 포위한 상태에서 검황천문이 올 때까지 버틸 능력이 없소. 모르긴 해도 검황천문이 오기 전에 귀하들은 본 문을 전멸시키고 여길 떠날 것이오. 귀하들에 비하면 본 문 세력은 오합지졸이오."

"흠."

진검룡은 고범의 칭찬에 팔짱을 끼면서 상체를 뒤로 약간 젖히며 조금 거만한 자세와 표정을 지었다. 그는 요즘 이 맛에 살고 있다.

사실 그는 겸손 같은 걸 잘 할 줄 모른다. 겸손은 학식이든 돈이든 실력이든 많이 가진 자가 부리는 것인데 그는 애당초 그런 것들을 가져본 적이 없으니까 겸손해야 할 일이 없었던 것이다.

반면에 거만함 역시 부려본 적이 없었다. 거만을 떨어야 할 것을 가져본 적이 없기 때문이다.

하지만 겸손이나 거만 둘 다 해본 적이 없지만 그의 해맑은 정신은 겸손보다는 거만이 조금 더 부려볼 만하다고 유혹을 하고 있다.

거만이라는 것은 막상 부려보니까 심장이 벌렁거리고 입이 벙긋벙긋 찢어질 것 같으며 엉덩이가 살금살금 간지러운 것이 정말이지 기분 째진다.

진검룡은 느긋하게 말했다.

"우리가 무진현에 들어오고 또 이 주루에 있는 것을 본 사람들이 있을 텐데 그들은 어떻게 하오?"

"그 정도는 내 선에서 해결할 수 있소."

"호오… 그렇소?"

진검룡은 술을 한 잔 더 마시고 말했다.

"우린 내일 아침에 출발할 계획인데 무슨 문제가 생기면 귀하가 해결해 주시오."

"......"

검황천문이 삼절사존을 탈취해 간 무리를 찾아내라는 명령을 내렸다는데도 진검룡은 태연하기 짝이 없다.

더구나 진검룡 일행이 무진현에 들어오고 나가는 것을 보게 되는 목격자들을 고범더러 해결해 달라며, 후안무치할 정도로 부탁까지 했다.

"지금 떠나나 내일 아침에 떠나나 우릴 본 목격자들을 귀하가 해결해 주는 것은 마찬가지 아니겠소?"

그건 진검룡 말이 맞다.

"내일 아침에 귀하가 떠나기 전에 검황천문이 들이닥칠 수도 있지 않겠소?"

그러자 민수림이 창밖에 시선을 고정시킨 채 중얼거리듯이 말했다.

"남경에서 이곳 무진현까지 백오십여 리 거리인데 절정고수라고 해도 하루하고 한나절은 걸려요."

말인즉 검황천문에서 고수들을 파견한다고 해도 아무리 빨라도 내일 정오쯤에나 무진현에 도착할 것이라는 얘기이고, 그것을 알아듣지 못할 고범이 아니다.

그러니까 고범이 눈만 감아주면 진검룡 일행이 이곳에서 하룻밤 편하게 묵었다가 내일 아침에 떠나도 아무런 문제가 없다는 것이다.

사실이 그렇기 때문에 고범으로서도 구태여 지금 당장 떠나라고 할 근거가 사라졌다.

다만 진검룡 일행이 지금 당장 떠나면 앓던 이가 빠진 격이어서 시원하다는 것뿐이다.

무진현 토박이인 고범이 이곳에서 남경까지 거리가 얼마이고 얼마나 걸리는지를 모를 리가 없다. 그로서는 진검룡 일행이 한시라도 빨리 떠나는 것이 서로 간에 좋기 때문에 그렇게 권했던 것이다.

고범은 물끄러미 진검룡을 응시하는데 화근덩어리를 바라보는 표정이나 눈빛이 아니라 호기심이 가득 담긴 눈빛이라서 그걸 본 진검룡도 그에게 호기심을 느꼈다.

이윽고 고범은 고개를 끄떡였다.

"알겠소. 그렇게 하겠소."

진검룡은 벙긋 입으로만 웃었다.

"자, 이제 그럼 어째서 귀하가 내게 호의적인지 설명해 줄 차례로군."

고범이 빙그레 미소 지었다.

"귀하도 내게 호의적인 것은 마찬가지인 것 같은데 내가 잘못 본 것이오?"

"어……."

진검룡은 자신이 일격을 먹이면 고범이 앗! 뜨거라! 할 줄 알았는데 그가 뜨거운 불덩이를 오히려 자신에게 던질 줄 모르고 있다가 멍한 표정을 지었다.

진검룡은 맑은 웃음을 터뜨렸다.

"아하하하! 내가 그렇게 읽히기 쉬운 사람이었나?"

고범은 빙그레 웃었다.

"지금 귀하 얼굴에는 내가 이 술자리에 합석해 주기를 바란다고 적혀 있소. 틀렸소?"

"헛?"

진검룡은 깜짝 놀라서 민수림에게 얼굴을 들이밀었다.

"수림이 보기에도 내 얼굴이 그렇습니까?"

줄곧 창밖을 바라보고 있던 민수림이 고개를 돌려 진검룡을 보더니 살포시 미소 지으면서 손을 뻗어, 희고 가느다란 섬섬옥수로 그의 이마를 가로로 그었다.

"여기에 그렇게 쓰여 있어요."

*   *   *

고범은 민수림의 미소 짓는 모습을 보고 순간적으로 눈이 멀어버리는 줄만 알았다.

'이런……'

그는 평소에 자신이 여자 보기를 돌처럼 한다고 믿고 있으며 실제로 그를 알고 있는 사람들은 그의 여성관에 대해서 비판을 많이 했었다.

그랬던 그가 지금 정신적인 혼란을 겪고 있다. 자신이 여성에 대해서 무심했던 것이 아니라 그의 관심을 끌 만한 여자를 여태껏 만나지 못했던 것이 아닌가 하는 것이다.

그렇지만 고범은 그런 걱정은 하지 않아도 좋을 터이다. 왜냐하면 민수림의 절세미모라는 것은 돌이나 나무로 만들어진 불상마저도 돌아앉게 만들 정도의 절대적인 매력을 지니고 있기 때문이다.

진검룡은 고범을 보며 고개를 끄떡이면서 벙긋 웃었다.

"그렇소. 나는 귀하와 술을 같이 마시고 싶소."

고범은 정중하게 포권을 하며 환하게 웃었다.

"그렇다면 이 술은 내가 사겠소."

진검룡이 한 술 더 떴다.

"술과 요리를 더 시켜도 되겠소?"

"어?"

고범은 곧 호탕하게 웃었다.

"하하하하! 물론이오."

고범이 점소이를 부르고 진검룡은 최고급의 술과 요리를 잔뜩 주문했다.

점소이가 돌아가려고 하는데 민수림이 어여쁜 검지를 세우며 그를 불렀다.

"백로주(百露酒) 있나요?"

한 병에 은자 닷 냥짜리 최고급 술이며 예전에 진검룡이 사준 적이 있었다.

너무 비싼 술이라서 점소이가 화들짝 놀라더니 급히 고개를 숙였다.

"이, 있습니다."

"황녹주(凰綠酒)는?"

백로주보다 은자 한 냥 싸지만 훨씬 독한 술이다.

"있습니다."

민수림은 고범을 보며 물었다.

"주문해도 될까요?"

민수림 때문에 반 이상 정신이 나간 고범이 미친 듯이 고개를 끄떡였다.

"어… 얼마든지 주문하십시오……! 네……!"

민수림이 고맙다는 듯 살포시 미소를 짓는 바람에 고범은 그로부터 오랫동안 정신을 차리지 못했다.

고범은 술이 세지 못했다.

아니, 그의 측근이나 친구들 중에서는 제법 센 편이었으나 불행하게도 오늘의 상대는 주계(酒界)의 태양처럼 떠오르는 신성 민수림과 그에 필적하는 진검룡이다. 그러니 고범은 두 사람에게 명패도 내밀지 못한다.

고범이 고주망태가 되어 정신을 잃기 전에 마지막으로 한 말이 있다.

"진 형, 우리 친구 합시다……!"

그는 꾹꾹 눌러 참았던 말을 뱉어버리기 직전에 털어놓았다.

그러나 그는 '그럽시다. 고 형'이라는 진검룡의 화답을 듣지 못하고 잠이 들었다.

탁자에 엎드려서 자고 있는 고범을 데려가려고 한 명의 건장한 청년이 계단을 올라왔다.

그는 고범과 같이 왔는데 지금까지 아래층에서 묵묵히 기다리고 있었다.

그는 이십오륙 세 정도의 청년으로 기골이 장대해서 키가 거의 칠 척에 이르고 어깨가 보통 사람의 두 배 정도 넓으며 팔뚝이 허벅지 굵기에 팔의 길이가 웬만한 여자 키와 같은 정도로 길었다.

그는 진검룡과 고범의 대화를 다 들었는지 진검룡에게 공손히 포권을 했다.

"문주를 모시고 가겠습니다."

진검룡은 게슴츠레한 눈으로 그를 보았다.

"너는 누구냐?"

"문주의 호위무사입니다."

"이름이 뭐냐?"

"마달(摩達)입니다."

"흠… 좋은 이름이다."

진검룡은 허리를 굽히고 있는 마달의 어깨를 두드렸다.

"고 형 깨어나면 항주 서호의 십엽루에 와서 나를 찾으라고 전해라."

"그렇게 전하겠습니다."

마달은 고범을 두 팔로 가볍게 번쩍 안고는 진검룡과 민수림에게 다시 고개를 숙인 후에 계단을 내려갔다.

진검룡은 자꾸 사물이 두 개로 보여서 머리를 세차게 흔든 다음에 민수림을 보았다.

그녀는 꼿꼿하게 앉아서 술잔을 손에 쥔 채 눈을 감고 있다.

진검룡은 그녀의 그런 모습만 봐도 너무 아름다워서 가슴이 두근거렸다.

그런데다가 그녀의 길고 우아한 속눈썹을 보니까 마치 말벌에게 엉덩이를 깊이 쏘인 것처럼 아흑! 하는 신음이 저절로 터져 나왔다.

그가 눈을 몇 번 껌뻑거리고 나서 보니까 아무래도 민수림은 술에 만취되어 자고 있는 것 같았다.

하긴 진검룡이 술이 만취하여 정신이 몽롱해져서 당장에라도 눕고 싶은 심정인데 민수림이라고 어련하겠는가.

게다가 조금 전에 마달이 고범을 안고 가는 것을 봤으므로 진검룡은 자신도 민수림을 그렇게 해서 객방의 침상에 눕혀야겠다고 아주 당연한 것처럼 생각했다.

그런데 그는 민수림을 안으려고 일어서다가 그대로 의자와 함께 옆으로 자빠지고 말았다.

우당탕!

"으윽……!"

그는 자신이 생각하는 것보다 훨씬 더 많이 취했다. 매일 술을 마실 때마다 어떻게 해서든지 민수림보다 오래 버텨서 술 취한 그녀를 마음껏 농락해 봐야지 하고 계획을 세우지만 늘 지금처럼 공염불에 그칠 뿐이다.

그가 엎어지는 바람에 민수림이 눈을 뜨고 진검룡을 바라보며 걱정스러운 표정을 지었다.

"검룡, 괜찮아요?"

그러나 진검룡은 대답하지 못했다. 너무 취해서 혼절한 것처럼 잠들었기 때문이다.

그는 지금까지 그렇게 여러 차례 술을 마셨어도 민수림이 자신보다 먼저 취해서 잠든 적이 단 한 번도 없었다는 사실을 망각하고 있었다.

진검룡은 선선한 기운에 정신을 차리고 잠에서 깨어났다.

그런데 그가 제일 먼저 느낀 것은 코끝을 간지럽히는 아주 은은하고 그윽한 향기다.

'이것은 수림의……'

그런데 그것은 익숙한 민수림의 향기였다. 그것도 머리카락과 몸에서 나는 체향(體香)이다. 인위적인 가공이 아니라 그녀 본연의 향기다.

그는 민수림을 만난 이후 지금까지 셀 수도 없을 만큼 많이 그녀를 안아봤다.

심지어 그녀를 품에 안고 잔 적도 자주 있었으며 둘 다 옷 한 겹이었던 적도 있었다. 그러니까 익숙한 그녀의 체향을 모를 리가 없다.

진검룡은 자신이 주루에서 민수림과 술을 마시다가 만취하여 미리 잡아놓은 객방의 침상에서 그녀와 함께 자고 있는 중이라고 생각했다.

늘 그랬던 것처럼 민수림이 자신의 팔베개를 하고 이쪽을 보면서 자고 있을 것이라고 믿었다.

그게 아니라면 그녀의 향기가 이처럼 가깝고도 진하게 느껴질 리가 없다.

그는 회심의 미소를 지으면서 팔을 뻗어 민수림을 힘주어서 끌어안으려고 했다.

"……?"

그런데 어찌 된 일인지 팔이 잘 움직여지지 않았다. 이건 틀림없이 한쪽 팔에는 민수림이, 다른 팔에는 청랑이 베고 자는 것 때문인 것이 분명하다.

그는 눈을 감은 채 코를 벌름거리며 체향으로 민수림이 왼쪽인지 오른쪽인지 분간을 해보았다.

그랬더니 그녀의 체향이 왼쪽에서 더 짙게 나기에 왼쪽으로 고개를 돌리면서 입술을 내밀었다.

요행히 운이 좋으면 고개를 돌리다가 뽀뽀라도 할 수 있지 않을까 하는 엉큼한 마음에서다.

"웅웅……."

"뭐 하는 거예요?"

민수림의 조용한 목소리에 그는 번쩍 눈을 떴다가 어리둥절해지고 말았다.

민수림의 얼굴이 있어야 하는 위치가 왼쪽 옆이어야 하는데 지금 그녀의 얼굴이 위쪽에 있다.

그런데 그뿐만이 아니라 그의 왼쪽 얼굴 절반이 뭔가 매우 부드럽고 푹신한 것에 파묻혀 있는 것을 느꼈다.

"술 덜 깼어요?"

민수림의 사근사근 부드러운 목소리가 그의 반 뼘쯤 위에서 들렸다.

눈을 껌뻑거리던 그는 한순간 자신의 얼굴 왼쪽 절반이 민수림의 가슴에 얹히듯이 살포시 파묻혀 있다는 사실을 깨닫고 소스라치게 놀랐다.

"허걱!"

그는 급히 상체를 일으켰다.

"이게 어떻게……."

"움직이지 말아요."

원래 민수림은 두 팔로 진검룡을 품에 안은 채 꼿꼿하게 선 자세로 어풍비행을 전개하여 까마득한 하늘을 빠른 속도로 날아가고 있는 중이었는데, 그가 갑자기 상체를 일으키는 바람에 균형이 무너졌다.

척!

"헛!"

그가 중심을 잃고 기우뚱 추락하려는 것을 그녀가 재빨리 팔을 잡았다.

팔을 잡힌 상태에서 아래를 쳐다보던 진검룡은 저기 까마득한 수십 장 아래에 아스라이 산야가 펼쳐져 있는 광경을 발견하고는 소스라치게 놀랐다.

"으왓!"

그와 민수림은 지상에서 삼십여 장 높이 하늘을 비행하고 있는 중이다.

민수림에게 한쪽 팔을 잡힌 그는 체중을 분산시켜서 최대한 몸을 가볍게 만들며 물었다.

"여긴 어딥니까?"

"남경에 거의 다 왔어요."

진검룡은 깜짝 놀랐다.

"정말입니까?"

"보세요."

진검룡은 다시 아래를 보다가 저만치 앞쪽에 바다처럼 거대한 강이 유유히 흐르고 있는 것을 발견했다.

"저건 장강입니까?"

"그럴 거예요."

진검룡은 정신을 차리고 장강이라고 짐작되는 곳을 유심히 살펴보았다.

그는 이날까지 항주 땅을 벗어난 적이 동천목산에 갔던 것 말고는 한 번도 없었으므로 항주에서 북쪽 꽤 먼 곳에서 흐르는 장강을 보는 것은 난생처음이다.

"아아……."

천하에서 가장 넓은 강은 항주 남쪽의 전당강뿐인 줄 알았는데 장강에 비하면 전당강은 실개천 같았다.

민수림 역시 예전에는 장강을 많이 봤을 텐데도 기억이 나지 않기 때문에 지금 처음 보는 것이나 다름이 없다.

진검룡은 신기한 듯 아래를 두리번거리다가 저만치 장강을 끼고 있는 거대한 하나의 도읍을 보았다.

"그렇다면 저기가 남경이겠군요."

"방향이 틀리지 않았고 우리가 제대로 왔다면 저곳이 남경일 거예요."

민수림은 주루의 점소이가 가르쳐 준 방향에서 한 치도 벗어나지 않고 비행하고 있는 중이다.

진검룡은 문득 궁금해서 그녀에게 물었다.

"그런데 어떻게 된 겁니까?"

민수림은 살포시 미소 지었다.

"취한 검룡을 안고 여기까지 온 게 다예요."

진검룡은 주위를 두리번거렸다.

"수림은 취하지 않았습니까?"

"취했었지만 취기를 몰아냈어요."

진검룡은 눈을 커다랗게 떴다.

"취기를 몰아내다니… 그렇게 하면 술이 깨서 정신이 말짱해지는 겁니까?"

그는 그런 방법이 있다는 것조차 몰랐다. 만약 진작 알았더라면 민수림이 만취했을 때 그는 술이 완전히 깬 상태에서 마음껏 욕심을 채울 수 있었을 것이다.

하지만 지금도 늦지 않은 것 같다. 그 방법을 배워서 앞으로 적절하게 써먹으면 된다.

그가 그런 흑심을 품고 있는지 추호도 모르는 민수림은 하얀 치아를 드러내며 해맑게 웃었다.

"몸에 취기가 남아 있지 않으면 당연히 술이 깨죠."

"아… 그 방법 나도 가르쳐 주십시오."

"간단해요. 취기를 한군데로 몰았다가 아무 때나 편한 대로 몸 밖으로 배출하세요."

진검룡은 잠시 눈을 감고 민수림 말대로 체내의 취기를 한곳으로 모으려고 애썼다.

"으음… 모았는데 어디로 배출합니까?"

"편한 대로 하세요. 어디에 모았나요?"

"단전입니다."

사실은 막창자 끝이다. 그 부위가 가장 자연스러웠다.

第四十二章

노예 상인

민수림은 취기를 입으로 토해내도 되고 손바닥이나 몸의 어느 부위로 배출해도 된다는 뜻으로 말한 것인데 진검룡은 달리 알아들었다.

그때 진검룡이 이마와 목에 살짝 핏대를 세우면서 살짝 용을 쓰며 신음 소리를 냈다.

"끄응……."

민수림은 뭔가 불길한 예감이 들었다.

부우욱!

다음 순간 진검룡 아랫도리에서 북을 찢는 듯한 소리가 거세게 터져 나왔다. 어쩌면 그의 옷이 찢어졌는지도 모른다.

방귀를 뀐 것이다. 그렇지 않아도 속이 더부룩했었는데 장에 모여 있던 방귀와 온몸에서 긁어모은 취기가 한꺼번에 그곳으로 폭발하듯이 뿜어졌다.

갑작스럽게 벼락 치는 소리에 민수림은 깜짝 놀랐다. 그녀는 진검룡이 설마 방귀를 뀔 줄은 예상하지 못했기에 머리카락이 쭈뼛 섰다.

그런데 그때 갑자기 어마어마하게 지독한 악취가 아래쪽에서 위로 확 풍겨 올라왔다.

그리고 때마침 민수림은 숨을 들이마시려다가 그 악취를 몽땅 들이켜고 말았다.

"흐어억!"

순간 그녀는 머릿속이 하얘지면서 눈앞이 캄캄하고 눈물이 핑 도는 게 내가 이렇게 죽는구나… 하는 생각이 들었다.

도대체 이런 지독한 냄새는, 아니, 고통은 난생처음 겪어보는 것 같았다.

아마 싸우다가 최악의 중상을 당한다고 해도 이것보다는 나을 듯했다.

그러나 방금 그것은 시작일 뿐이다. 아직 징글징글한 후폭풍이 남아 있다.

숨을 멈췄는데도 악취가, 아니, 방귀 기운이 그녀의 온몸을 뒤덮고 있다.

그녀는 갑자기 속이 모조리 뒤집어지는 것 같은 극심한 역

겨움을 느꼈다.

"우욱!"

그녀는 한 손으로 입을 틀어막고는 쏜살같이 급강하하여 어느 야산의 실개천으로 향했다.

그곳에 실개천이 있다는 것은 물 냄새로 알았다. 모천(母川)을 찾아가는 연어의 심정이다.

실개천 가까이 이르자 그녀는 진검룡을 놓아주고 자신은 실개천으로 내리꽂히듯 돌진했다.

쉬이잇!

지푸라기처럼 날아가고 있는 진검룡은 다급히 아래쪽을 보다가 안색이 급변했다.

그는 아직도 허공 오 장 높이에서 내리꽂히고 있는데 이대로 추락하면 지면과 고스란히 충돌하여 어디 한 군데 부러질 것이 분명하다.

그래서 제일 먼저 생각난 것이 무영능공표의 이초식인 능공표다.

무영표는 지상에서 전개하는 것이니까 이런 상황에는 도움이 되지 못한다.

현재 그는 무영능공표 일초식인 무영표를 이 성 반 정도 터득한 상태다.

일초식 무영표는 지상에서 전개하는 것이고 이초식 능공표는 허공에서 사용하는 경공이다. 그러므로 지금 필요한 것은 능공표다.

그렇지만 진검룡은 능공표를 구결, 그러니까 이론적으로만 이해했을 뿐이지 아직 한 번도 전개한 적이 없다.

쉬익!

이 속도로 지면에 충돌하면 낭패를 당하고 말 것이다.

'젠장! 죽기밖에 더 하겠냐?'

그는 한 번도 연습조차 해본 적이 없는 능공표를 전개하기로 마음먹었다.

지금은 이것저것 따질 때가 아니다. 아무것도 하지 않았다가 지면과 충돌하여 낭패를 당하느냐, 아니면 능공표라도 전개해서 한 가닥 기대라도 걸어보느냐 하는 것이다.

"이야압!"

머리를 아래로 한 자세로 번갯불처럼 빠르게 내리꽂히고 있는 진검룡은 자신이 이해한 능공표의 구결대로 공력을 운행하면서 튀어 오르는 물고기처럼 힘차게 몸을 비틀었다.

쉬이익!

그렇지만 속도는 줄지 않고 얼굴은 순식간에 지면과 두 자 거리로 가까워졌다.

제대로 연습 한 번 해본 적 없는 능공표가 이런 순간에 될 리가 없다.

충돌 직전에 진검룡은 눈을 질끈 감았다.

제일 먼저 이마가 지면, 아니, 무성하게 자란 누런 풀에 닿는 감촉이 느껴졌다.

쿠아앗!

다음 순간 그의 머리가 번쩍 위로 들리는가 싶더니 몸이 따라서 솟구치고 허리가 비틀어지면서 동시에 두 다리가 허공을 박차듯이 밟았다.

"……!"

얼굴이 지면과 충돌하여 짓이겨져야 할 순간에 몸이 지상에서 이 장 높이로 다시 비스듬히 솟구치고 있었다.

'된다!'

어이없으면서도 경이로운 일이지만 한 번도 연습조차 해본 적이 없는 능공표가 되고 있다는 생각이 뇌리를 스쳤다.

이건 우연도 뭣도 아닌 진짜 능공표다. 그가 전개했는데 그걸 모르겠는가.

죽기 아니면 살기라는 심정으로 이 악물고 펼쳤는데 그게 된 것이다.

그러니까 무엇이든 절박한 심정으로 실행하면 통한다는 사실을 그는 또다시 배웠다.

더구나 그가 전개한 능공표 제삼변이 펼쳐지고 있다. 여기에서 또 다른 변화를 이어가려면 제사변이나 제이변 아니면 제일변에서 제십이변까지 아무거나 펼치면 된다.

'제이변!'

그는 속으로 소리치면서 몸을 뒤집고 두 발로 허공을 밟아

비스듬히 치솟았다.

그가 두 발로 허공을 한 걸음 내디딜 때마다 무려 삼사 장씩 쑥쑥 비상했다.

허리를 비틀면 자유자재로 용솟음치고 고개를 돌리면 방향이 바뀌며 두 발로 허공을 밟으면 높낮이를 마음먹은 대로 조절할 수가 있다.

'야아… 이게 능공표로구나……!'

위기를 기회로 바꾼 그는 희희낙락하면서 허공을 이리저리 구불구불 날면서 신바람이 났다.

그는 아예 이 기회에 능공표 열두 개의 변화 즉, 십이변을 차례로 전개하면서 숙달하기로 마음먹었다.

정신없이 능공표를 연습하면서 허공을 이리저리 날아다니던 그의 눈에 문득 낯익은 뒷모습이 보였다.

민수림이 계류 가에 엎드려서 눈물을 흘리며 토하고 있는 광경이었다.

"우웨액――!!"

천하절세미녀 민수림이 토악질해 대는 소리가 멀리까지 산천초목을 울렸다.

진검룡과 민수림은 성 밖에서 방립을 구해서 쓰고 남경 성내에 들어갔다.

민수림 말에 의하면 청랑은 술 두 모금을 마시고 뻗어서 무진현 객방에 눕혀놓고 왔다고 한다.

남경에는 곤산과 장문인 풍건을 구하러 왔으므로 구태여 청랑의 도움은 필요하지 않다.

진검룡은 행인에게 검황천문이 있는 위치를 물어서 알아내어 남경 서쪽 막수호(莫愁湖)로 향했다. 검황천문은 막수호에 있다고 했다.

진검룡과 민수림은 남경성의 동문인 태평문(太平門)으로 들어섰기 때문에 성내를 동서로 가로질러 서문인 수서문(水西門)으로 나가야 한다.

두 사람은 나란히 성내의 번화한 대로를 걸어갔다.

민수림은 아까 남경에 들어오기 전 계류에서 엎드려 토하고 난 이후 거의 침묵을 지키고 있는 중이다.

진검룡은 민수림의 얼굴이 해쓱하고 안색이 노리끼리한 이유가 자신의 방귀 냄새를 직통으로 맡아서 다 토해냈기 때문이라고 짐작했다.

그는 민수림에게 미안한 마음이 커서 위로한답시고 넌지시 말을 걸었다.

"뭣 좀 먹겠습니까?"

먹는다는 말에 그녀는 퀭한 얼굴이 더 수척하게 변해서 고개를 저었다.

때마침 대로변 진열대에 피가 뚝뚝 떨어지는 닭 대가리와 오리 대가리들을 늘어놓고 그것을 커다란 무쇠솥에 볶고 지져서 파는 점포가 있어서 진검룡이 그곳을 가리켰다.

"저거 사줄까요?"

닭 대가리와 오리 대가리, 그리고 그걸 지지고 볶는 광경을 보는 민수림의 두 눈이 한 뼘이나 퀭하게 쑥 들어가고 안색이 샛노랗게 변했다.

"우우욱!"

급기야 그녀는 두 손으로 입을 틀어막고 골목 안으로 부리나케 달려 들어갔다.

한참 만에 골목에서 나온 민수림은 조금 전보다 더 퀭한 모습, 아니, 몰골이 됐다.

그녀는 진검룡을 힐끔 보더니 아무 말도 하지 말라는 듯 손가락 하나를 세워서 입술에 댔다.

그녀는 아까 맡은 진검룡의 방귀가 아직도 자신의 체내에 남아 있는 것 같아서 견딜 수가 없었다.

오죽하면 숨만 쉬어도 방귀 냄새가 나는 것 같아서 토할 것처럼 속이 울렁거렸다.

그뿐 아니라 진검룡 몸에서 아직도 방귀가 풀풀 뿜어지는 것 같아서 그를 쳐다볼 수가 없다.

그렇다고 진검룡만을 탓할 수는 없는 일이다. 그에게 취기를 모아서 몸 밖으로 배출하라고 상세하게 가르쳐 준 사람이 민수림이다.

진검룡은 녹초가 된 민수림에게 뭐라고 위로를 해줄 방법이 없어서 큰 죄를 지은 것처럼 그녀의 눈치만 보면서 걸어가고 있다.

민수림은 진검룡의 그런 마음을 잘 알지만 지금은 무슨 말을 하려고 입만 열어도 토할 것 같아서 그냥 잠자코 걸어가고 있는 중이다.

현재는 해가 중천에 떠 있는 정오 무렵이라서 번화가 대로는 많은 사람들로 붐볐다.

어느 정도인가 하면 진검룡과 민수림이 똑바로 걸어가지 못하고 마주 오는 행인들과 부딪치지 않으려 이리저리 피하면서 걸어가야 하는 상황이다.

그때 맞은편에서 대여섯 명이 한꺼번에 몰려오는 것을 보고 진검룡은 한 손으로 민수림의 팔을 잡고는 대로 가장자리 쪽으로 슬쩍 이끌었다.

그러는 사이에 대여섯 명이 진검룡 옆을 스쳐 지나가면서 그중 누군가 그를 가볍게 툭 건드렸다.

척!

순간 진검룡은 방금 자신을 건드리고 지나간 사람의 팔을 가볍게 움켜잡았다.

"아……."

팔을 잡힌 사람은 뿌리치려고 했으나 진검룡의 잡아당기는 힘이 강철 같아서 상체가 뒤로 휘청 젖혀지며 나직한 신음 소리를 냈다.

진검룡이 세게 잡아당겼기 때문에 그 사람은 허물어지듯이 그의 품으로 쓰러졌다.

"아……."

그런데 뜻밖에도 그의 품에 안긴 사람은 여자다. 더구나 체구가 작고 매우 가녀렸다.

진검룡은 자신의 품에 쓰러지듯 안겨 있는 까무잡잡한 얼굴의 여자, 아니, 소녀를 굽어보았다.

쉬잇!

그때 진검룡의 뒤쪽에서 한 자루 날카로운 무기가 그의 등을 빠르게 찔러왔다.

순간 진검룡 품에 안겨 있는 소녀가 다급하게 외쳤다.

"안 돼!"

찔러오던 무기는 진검룡의 등 한 뼘 앞에서 멈추었다.

멈추지 않았으면 진검룡이 주먹을 내뻗어서 강기를 발출하여 즉사시켰을 것이다.

진검룡이 뒤돌아보니까 역시 까무잡잡한 얼굴에 삼십 대 초반의 아담한 체구의 여자가 막 소매 속으로 반짝이는 무기를 집어놓고 있다.

그녀는 얼굴 가득 적의를 드러내며 표독하게 진검룡을 쏘아보지만 공격하지는 않았다.

그로 미루어서 그녀는 소녀의 말을 잘 듣거나 소녀가 그녀의 상전인 것 같았다.

진검룡은 여전히 소녀의 팔을 잡고 그녀를 품에 안은 채 대로 가장자리로 걸어갔고 소녀는 두 발이 거의 지면에서 떨어져 둥둥 뜬 상태로 이끌려서 갔다.

거리가 워낙 복잡한 탓에 행인들은 진검룡에게서 일어난 일을 알지 못했으며 알았다고 해도 남의 일에는 별다른 신경을 쓰지 않았다.

진검룡이 소녀를 안고 대로변으로 나오자 삼십 대 초반의 여자도 차가운 표정을 지으며 따라왔다.

인적이 뜸한 가장자리에 당도한 진검룡은 소녀를 품에서 내려놓고 여전히 팔을 잡은 채 그 팔 아래 손에 쥐어져 있는 하나의 가죽 주머니를 뺏었다.

원래 가죽 주머니는 진검룡 것이며 그의 품속에 있었는데 소녀가 그와 일부러 부딪치면서 훔쳐 가려고 하다가 발각되어 붙잡힌 것이다.

항주 저잣거리에서 잔뼈가 굵은 진검룡은 이보다 더한 하오배들과 도적들을 숱하게 알고 있어서 수법에 대해서 훤한데, 소녀의 솜씨는 서툴기 짝이 없었다.

진검룡은 가죽 주머니를 품속에 넣으면서 태연하게 소녀를 응시했다.

"너 배수(扒手: 소매치기)냐?"

자그마한 체구에 뜻밖에도 십칠팔 세 어린 소녀는 매우 커다랗고 새카만 눈을 지녔는데 웬일인지 눈물이 가득 고인 채 묘한 표정을 짓고 있었다.

진검룡은 소녀가 짓고 있는 표정이 비참함과 수치심이라는 것을 한눈에 알아보았다.

불과 몇 달 전까지 그의 일상이었던 저잣거리 시절에 거의 매일 얼굴에 달고 살았던 표정이 비참함과 수치심이었는데 그가 모를 리가 없다.

소녀가 입술을 깨물며 말했다.

"배수가 뭐냐?"

그런데 소녀의 중원어 즉, 한어가 서툴고 어눌하다.

진검룡은 처음에 소녀를 봤을 때 광서 지방 묘강(苗疆)의 묘족(苗族)이 아닐까 생각했었는데 맞는 것 같다. 그래야 한어가 서툰 게 이해가 된다.

중원 전체로 봤을 때 항주는 장강 이남 남쪽 지방이라서 남만과 지리적으로 가까워, 드물기는 하지만 가끔 묘족들이 왕래를 해서 그도 가끔 본 적이 있었다.

하지만 그들 묘족은 볼일을 마치고 서둘러서 다시 남만으로 돌아가기 바빴지 묘족이 지금 이 소녀처럼 배수 짓을 하는 것은 본 적도, 들어본 적도 없었다.

진검룡은 이 묘족 소녀에게 필경 무슨 사연이 있을 것이라고 짐작했다.

묘족 소녀가 비참함과 수치스러움에 눈물을 글썽거리고 있기 때문이다.

＊　　　　＊　　　　＊

진검룡은 소녀의 팔을 잡은 채 똑바로 주시하며 물었다.

"너 어째서 내 돈주머니를 훔쳤느냐?"

"훔… 친 게 아냐… 나중에 갚아주려고 그랬어……."

진검룡은 주먹을 쥐고 소녀의 머리를 살짝 쥐어박으며 말도 안 된다는 표정을 지었다.

"인석아, 네가 내 돈주머니를 훔쳐서 가버리면 그만인데 어떻게 나중에 갚는다는 말이냐?"

소녀는 닭똥 같은 눈물을 뚝뚝 흘렸다.

"나중에… 여기에 와서… 당신을 반드시 찾아내서 갚으려고 했어… 정말이야……."

소녀의 말은 너무 터무니없어서 아무도 믿지 않을 것 같지만 진검룡은 믿기로 했다.

그는 자신이 이 소녀의 말을 믿지 못한다면 천하에 믿을 수 있는 사람이 아무도 없을 것이라고 생각했다.

또한 천하의 모든 사람들이 이 소녀를 믿지 않는다고 해도 그는 믿었다.

그에게는 다른 사람들에게는 없는, 진실을 꿰뚫어서 보는 심미안이 있기 때문이다.

민수림은 진검룡 옆에 서 있는 묘족 여자가 대로변의 어느 점포를 바라보고 있는 것을 발견했다.

그 점포는 김이 무럭무럭 나는 만두를 팔고 있는데 그걸 바라보는 묘족 여자의 얼굴에 갈망의 표정이 어른거렸다. 그녀는 그러지 않으려고 했겠지만 오랜 지독한 허기가 그녀의 얼굴에 갈망의 표정을 드리운 것이다. 그런 것은 인력으로는 도저히 어쩔 수가 없다.

만두 가게에서 대로 쪽으로 내놓은 매우 커다란 솥에서는 쉭쉭! 소리를 내면서 만두가 쪄지고 있는데 구수한 냄새가 주위에서 가득 진동하고 있었다.

그러나 묘족 여자는 잠시 후에 시선을 거두다가 민수림이 자신을 응시하고 있는 것을 발견하고는 얼굴에 부끄러운 표정을 떠올렸다.

그런데 그때 갑자기 묘족 소녀가 진검룡에게 팔이 잡힌 상태에서 그 자리에 무너지면서 땅바닥에 무릎을 꿇었다. 전혀 예상하지 못했던 일이다.

"제발… 돈을 빌려주세요……."

진검룡은 소녀를 일으키기보다는 그녀 앞에 쪼그리고 앉아서 팔을 놓아주며 물었다.

"너한테 대관절 무슨 일이 있는지 말해봐라. 돈이 어디에 필요한 것이냐?"

묘족 소녀는 그를 물끄러미 바라보다가 갑자기 땅바닥에 머리를 조아리면서 흐느껴 울었다.

"으흐흑……! 저기 거리에서 납치당한 내 친구를 팔고 있는데… 돈이 있어야 친구를 살 수가 있어요……."

남경 성내 가장 번화한 사거리 한 귀퉁이에는 하나의 큼직한 대(臺)가 세워져 있으며 지금 그 위에서 해괴한 광경이 벌어지고 있다.

바로 노예 상인들이 노예를 팔고 있는 현장이었다.

대 위 뒤쪽에는 남녀 노예 이십여 명이 옹송그린 채 모여 앉아 있으며, 장부책을 손에 쥔 노예 상인이 노예를 한 명씩 앞으로 데리고 나와서 대 아래에 모여 있는 사람들에게 보이며 설명을 하고 있다.

그리고 대 위와 아래쪽에는 십여 명의 험상궂은 용모의 장한들이 손에 채찍과 몽둥이 따위를 쥐고 어슬렁거리면서 험악한 분위기를 만들어내고 있었다.

대 앞쪽에는 노예를 사려는 사람들과 구경하려는 사람 백여 명이 웅성거리며 모여 있다.

그중에 방립을 쓴 진검룡과 민수림도 섞여 있으며 진검룡 앞에는 묘족 소녀가 서 있고 진검룡 옆에는 묘족 여자가 서서 대 위를 주시하고 있다.

대 위를 보고 있는 묘족 소녀와 여자는 하염없이 눈물을 흘리며 비통한 표정을 지었다.

진검룡이 묘족 소녀에게 물었다.

"누굴 사야 하는 것이냐?"

"저기……."

묘족 소녀가 대 뒤쪽에 모여 있는 노예들 중에 누군가를 가리켰다.

"저기에 모여 있는 소녀 세 명 말이냐?"

"네. 내 친구들이에요… 흑흑……."

대 위 뒤쪽에 모여 있는 이십여 명의 노예들은 일견하기에도 중원인 즉, 한족이 아닌 듯이 보였다.

몇 명 건장한 청년을 제외하고는 대부분 어리고 젊은 여자들이며 그들 중에는 한인, 아니, 한인 같은 용모의 여자가 서너 명 있었다.

대 중앙에는 장부책을 들고 있는 서생 차림의 사십 대 사내가 노란 머리카락에 파란색 눈을 지닌 이국적인 소녀에 대한 설명을 막 끝내고 가격을 말하고 있었다.

"은자 백오십 냥입니다."

사내는 이국 소녀의 엉덩이를 소리 나게 세게 때렸다.

철썩!

"이 탐스러운 몸뚱이가 단돈 은자 백오십 냥이라니 이게 믿을 수 있는 얘기입니까? 은자 백오십 냥이면 이 계집을 최소한 이십 년 동안 품에 안을 수 있을 겁니다!"

구경꾼들이 웅성거렸다. 이국 소녀는 이 추운 한겨울에 낡고 더러운 홑옷 하나만 걸친 채 잔뜩 겁먹은 얼굴로 오들오들 떨고 있었다.

대 위의 사내가 이번에는 또 무슨 행동과 말을 하려는지 갑자기 이국 소녀의 앞섶 속으로 손을 쑥 집어넣으려고 했다.

그러자 그녀는 화들짝 놀라 급히 뒤로 물러서면서 알아들을 수 없는 비명을 지르며 사내의 손을 뿌리쳤다.

그러자 옆에 서 있는 다른 사내가 손에 쥐고 있는 채찍을 이국 소녀를 향해 사정없이 휘둘렀다.

쌔액!

이국 소녀는 이미 채찍을 여러 차례 맞아본 적이 있는지 금세 얼굴이 하얗게 변하여 두 손으로 얼굴을 가리면서 몸을 잔뜩 옹송그렸다.

삭…….

그러나 이국 소녀를 향해 휘둘러지던 채찍이 손잡이 바로 앞에서 싹뚝 잘려 허공에 둥실 떠 있고, 사내는 손잡이만을 휘둘러 헛손질을 했다.

"엇?"

채찍을 휘두르던 사내와 장부책을 든 서생 차림의 사내는 흠칫 놀라 급히 대 아래를 휘둘러보았다.

무림고수가 자신들의 행동을 못마땅하게 여겨서 훼방을 놓은 것이라고 직감한 것이다.

그래서 그 무림고수를 찾으려고 대 아래를 살펴보는 것이다. 무림고수에게 잘못 보이면 노에 장사고 나발이고 목숨이 위태로울 수가 있다.

민수림이 진검룡에게 착 가라앉은 목소리로 전음을 했다.

[더 이상 못 보겠어요. 어떻게 사람이 사람을 파는 거죠? 저들을 구해야겠어요.]

동시에 그녀는 묘족 소녀의 팔을 잡고 둥실 떠올라서 대를 향해 구름 위에 선 듯 스으으… 나아갔다.

진검룡은 방금 전 민수림의 목소리가 바닥까지 착 가라앉은 것을 듣고 이 일은 자신의 목숨을 걸고서라도 완수해야겠다고 생각했다.

민수림은 화가 나거나 진정성이 깊을수록 목소리가 가라앉는 습관이 있다.

그녀가 묘족 소녀의 팔을 잡고 대 위로 향한 것은 진검룡더러 묘족 여자를 데리고 따라오라는 무언의 명령이다. 이제 곧 대 위에서 평지풍파가 일어날 것이다.

진검룡은 즉시 묘족 여자의 손을 잡고 능공표를 전개하여 허공을 밟으면서 허공으로 칠 척이나 떠올랐다가 천천히 걸음을 앞으로 내디뎠다.

스르르……

그러자 마치 천상의 신선이 하계(下界)에 산책이라도 나온 것 같은 걸음걸이로 대를 향해 나아갔다.

아까 민수림이 계류에서 토할 때 연습한 능공표가 제대로 발휘되고 있다.

대 위에 있는 노예 상인들만이 아니라 대 아래의 모든 사람들이 난데없이 일어나고 있는 상황에 눈을 휘둥그렇게 뜨고 그 광경을 쳐다보았다.

대 위에 있는 노예 상인들이나 노예들은 한 명도 움직이지 않은 채 잔뜩 얼어붙은 듯한 표정으로 민수림과 진검룡을 쳐다볼 뿐이다.

이곳에 있는 백여 명 이상의 여러 방면의 사람들은 지금 진검룡과 민수림이 보여주고 있는 신기를 평생에 단 한 번도 본 적이 없었다.

그것은 절정고수 이상이어야만 전개가 가능한데 그런 고수를 먼발치에서나마 본 적이 전무하기 때문이다.

진검룡과 민수림이 묘족 여자와 묘족 소녀를 데리고 대 위에 소리 없이 내려서자 장부책을 든 사내와 채찍 손잡이만 쥔 사내는 주춤주춤 서너 걸음 물러섰다.

묘족 소녀와 묘족 여자는 방금 전에 진검룡과 민수림이 보여준 신기 때문에 혼비백산한 상태다.

중원무림이나 무공에 대해서 잘 모르는 묘족 소녀와 묘족 여자는 진검룡과 민수림이 신선처럼 여겨졌다.

그런 것도 모르고 그들의 돈주머니를 훔치려 하고 칼로 찌르려고 했으니 지금 생각하면 등골이 오싹한 일이다.

진검룡이 조금이라도 독한 마음을 품었다면 묘족 소녀와 묘족 여자는 결코 무사하지 못했을 것이다.

진검룡은 민수림이 대 위의 노예 모두를 구하겠다고 한 말을 염두에 두고 있다.

그는 장부책을 쥔 채 겁에 질린 얼굴로 눈치를 보고 있는 사내에게 위엄 있는 표정으로 물었다.

"저 사람들 다 내가 데려가겠다."

장부책 사내는 크게 놀라고 당황해서 더듬거렸다.

"아… 아니, 그것은……."

민수림은 진검룡이 노예들을 노예라고 부르지 않고 사람이라고 부른 것이 마음에 들었다.

바로 이런 점 때문에 그녀는 진검룡을 좋아하는 것이다. 그는 매우 인간적이고 순수하다. 그리고 그의 많은 점들이 그녀와 닮았다.

노예 상인들은 얼굴이 해쓱하게 질려서 뭐라고 해야 할지 할 말을 잃어버렸다.

노예를 사고파는 것 즉, 노예 장사는 대명제국의 국법으로 허용되어 있다.

그렇지만 진검룡과 민수림 같은 절정고수가 노예들을 데려가겠다고 하면 일개 무사 몇 명을 데리고 다니는 수준의 노예 상인들은 그저 순순히 내줄 수밖에 없다.

돈이 아깝지만 목숨보다는 덜 아깝기 때문이다. 항의하는 것도 상대를 봐가면서 해야 한다.

장부책의 사내가 자포자기하는 표정을 짓고 있는데 진검룡이 그자에게 툭 말했다.

"저들 모두 값으로 얼마를 주면 되겠느냐?"

"아……!"

노예 이십여 명, 아니, 정확히 이십이 명을 공짜로 데려가겠다는 줄 알았던 노예 상인들 얼굴에 가뭄에 단비가 내린 듯한 줄기 기대가 떠올랐다. 이들은 절정고수이면서도 자상한 성격인 것 같았다.

진검룡은 처음부터 노예들을 강제로 데려갈 생각 같은 것은 하지 않았다.

노예 장사라고 해도 어쨌든 간에 국법이 허용한 장사인데 한 푼도 안 주고 강제로 모두 데리고 가는 것은 강탈이다. 즉, 강도가 하는 짓이다.

진검룡은 이날까지 남을 속이는 사기나 강제로 뺏는 강탈은 해본 적이 없다.

그렇지만 진검룡은 지금 노예들을 다 살 만한 돈을 지니고 있지 않아서 편법을 써야만 한다.

몇 달 전 잔지 패거리에게서 뺏은 막대한 돈이 있으므로 큼직한 금원보 한 덩어리면 노예를 다 사고도 남는다.

하지만 그것은 집에 있다. 지금 그가 갖고 있는 돈은 은자 백 낭 정도가 전부다.

그것으로는 묘족 소녀가 구하려고 하는 친구를 한 명 살까 말까 한 액수다.

진검룡의 말에 장부책의 사내는 겁먹은 상태에서도 재빨리 눈동자를 굴리면서 계산을 했다.

진검룡은 그가 섣부른 생각을 하지 못하도록 재빨리 일침을 가했다.

"수틀리면 그냥 다 데려가는 수가 있다."

장부책 사내는 화들짝 놀라서 더 이상 머리를 굴리지 않고 급히 대답했다.

"아… 전부 은자 이천 냥 주십시오… 네."

노예가 전부 이십이 명인데 통틀어서 은자 이천 냥이라면 한 명당 은자 구십 냥이라는 얘기다. 사내가 조금 더 머리를 굴렸다면 더 비싸게 불렀을 것이다. 진검룡의 일침이 제대로 찔렀다.

지금 대 앞에 나와 있는 이국 소녀 몸값이 아까 은자 백오십 냥이라고 했으니까 한 명당 은자 구십 냥을 달라고 하면 장부책 사내가 진검룡을 물 먹이려는 것은 아니다.

그들도 원가라는 것이 있는데 아마도 최소한의 이득만 보겠다는 뜻일 게다.

진검룡은 장부책 사내에게 전음을 보냈다.

[이들을 모두 데리고 가서 항주 서호에 있는 십엽루에 전해주어라. 진검룡이 보내서 왔다고 하면 돈을 주고 한 상 거하

게 차려줄 것이다.]

십엽루주 현수란이라면 진검룡을 위해서 기꺼이 돈을 내줄 것이라고 생각했다.

장부책 사내는 '어?' 하는 표정을 짓더니 미심쩍은 얼굴로 조심스럽게 물었다.

"저놈들을 데려가면 정말 십엽루에서 돈을 준다는 것을 어떻게 보장합니까?"

"이놈!"

진검룡은 아무래도 놈들을 정신이 번쩍 들게 해줘야 할 것 같아서 나직하게 호통을 치며 슬쩍 가볍게 주먹을 뻗었다가 거두었다.

쾅!

"으왁!"

장부책 사내는 자신의 바로 앞에서 커다란 폭음이 터지자 펄쩍 뛰더니 그 자리에 퍼질러 앉았다.

그러고는 자신의 한 걸음 앞에 큼직한 구멍이 하나 뻥 뚫려 있는 것을 보고 간이 오그라들었다.

진검룡이 나직이 호통쳤다.

"네놈들을 모조리 죽이고 저들을 데려갈 수도 있다."

그의 말이 백번 천 번 옳다는 것을 노예 상인들이 모를 리가 없다.

"으으으……"

"내 말대로 하겠느냐?"

진검룡이 물었으나 장부책 사내는 공포에 질린 나머지 몸을 벌벌 떨기만 할 뿐 대답하지 못했다.

다른 사내들도 무기를 지니고 있지만 감히 뽑을 엄두조차 내지 못하고 멀리에서 다리만 떨었다.

그러자 민수림이 장부책 사내를 향해 손을 뻗더니 뭔가를 움켜잡는 자세를 취했다.

슥……

다음 순간 퍼질러 앉아 있던 사내의 몸이 앉은 자세 그대로 민수림에게 쑤욱! 끌려가는 것이 아닌가.

사내는 민수림 앞 허공에 뜬 상태에서 뚝 멈추었는데 온몸을 사시나무 떨듯이 떨어댔다.

"으으으……"

민수림은 사내의 몸에 손을 대는 것이 싫어서 앞쪽 허공에 멈추게 한 것이다.

사내는 사색이 돼서 허공에 뜬 채 오줌을 싸는데 바짓가랑이 사이로 물이 바닥에 떨어졌다.

민수림은 살짝 눈살을 찌푸렸다.

"대답하지 않겠느냐?"

그녀는 사람이 사람을 팔고 산다는 사실에 화가 조금 난 상태라서 손속이 매서웠다.

사내는 부들부들 떨었다. 그는 지금 대답하지 않으면 민수림에게 당장 죽게 될 것이라는 생각이 들었다.

"흐으으… 아… 알겠습니다… 그러겠습니다… 제발 사…
살려주십시오……."

第四十三章

검황천문 잠입

노예 상인들과의 거래가 예상하지 않은 차질을 빚었다.

노예 상인들은 진검룡의 말대로 하려는데 이번에는 노예들이 반란을 일으켰다.

즉, 노예들이 노예 상인들하고 항주까지 같이 가기 싫다는, 아니, 못 하겠다는 것이다.

노예들은 자신들이 노예 상인들에게 얼마나 두들겨 맞으며 고통을 당했는지를 눈물로 하소연했다.

그러므로 그들과 항주까지 가면서 또다시 모진 고초를 당해야 할 것을 생각하니까 진저리가 쳐진다는 것이다.

이제 노예들의 주인이 진검룡이 됐으므로 그에게 자신들의 생사를 맡기고 싶다는 것이다.

노예 상인들은 단칼에 거절했다. 이유는 당연하다. 아직 대금 즉, 돈을 받지 못했기 때문이다.

그랬는데 노예 상인들은 곧 단칼에 승낙했다. 진검룡이 죽이겠다고 위협했기 때문이다.

방립을 쓴 일남일녀가 노예 이십이 명을 구했다는 소문이 크지는 않지만 알음알음 남경 성내에 퍼졌다.

하지만 방립을 쓴 일남일녀에 대한 소문이 뒤숭숭할 뿐 누군지는 알려지지 않았다.

남경무림이 작은 진동을 일으켰다. 도대체 노예들을 구한 두 명의 절정고수가 누군지 정보로 먹고사는 자들이 물밑에서 바쁘게 움직였다.

진검룡과 민수림은 전혀 예상하지 못했던 혹들이 생겨서 그들을 처리하는 것이 급선무가 되었다.

그렇지만 민수림에게는 검황천문에서 풍건을 구하는 것이나 노예들을 구하는 것이나 똑같은 비중을 차지했다.

이번 노예들 일을 겪는 과정에 진검룡은 기억을 잃은 민수림의 본디 천성이 더할 수 없이 선하다는 사실을 새삼스레 알게 되었다.

또한 민수림은 진검룡이 자신보다 더 발 벗고 나서서 노예들을 챙기는 것을 보고 자신이 사람을 잘못 보지 않았다는 사실에 흐뭇함을 감추지 못했다.

만약 기억을 잃은 상태에서 제일 처음에 만난 사람이 진검룡이 아니었으면 어떻게 될 뻔했겠는가.

진검룡과 민수림은 묘족 소녀와 묘족 여자와 함께 이십이 명의 노예들을 이끌고 성내의 가까운 표국으로 갔다.

진일표국(辰日鏢局) 총표두(總鏢頭) 한림(韓琳)은 수하의 보고를 받자마자 한달음에 밖으로 달려 나왔다.

수하가 설명하는 방문객의 모습이 자신이 생각하는 그 누구와 닮았기 때문이다.

삼십오 세의 젊은 나이에 남경 삼대표국 중 하나인 진일표국 총표두 지위에 앉아 있는 한림은 대전에서 나와 곧장 진검룡과 민수림에게 뛰듯이 다가왔다.

그는 진검룡과 민수림 앞에 이르러 정중히 포권을 하면서 조심스럽게 입을 열었다.

"실례지만 혹시 진검룡 소협이시오?"

진검룡은 깜짝 놀랐다.

"어떻게 나를 아시오?"

한림이 환하게 미소 지었다.

"불초는 무진현 대승방 방주 고범의 의형이오."

"아……."

진검룡은 적잖이 놀랐다가 궁금해서 물었다.

"그런데 어떻게 나를 알아보셨습니까?"

고범의 의형이라니까 진검룡의 말투가 공손하게 변했다.

"범 제가 오늘 아침 일찍 불초에게 전서구를 보냈소. 서찰에는 진 소협의 인상착의와 함께 진 소협이 남경으로 갔으니까 혹여 기회가 닿으면 만나보고 도움을 주라고 적혀 있었소."

"내가 남경에 오는 것을 고 형이 어떻게……."

민수림이 재빨리 전음을 보냈다.

[어제 술 마시면서 검룡이 고범에게 모두 다 얘기했어요. 그가 묻지도 않았는데 검룡이 남경 검황천문에 곤산파 장문인 풍건을 구하러 간다고 술술 다 털어놓더라고요. 고범이 크게 놀란 것은 당연하고요.]

그런 비밀스러운 사실을 다 털어놓다니, 진검룡은 놀란 얼굴로 민수림을 쳐다보았다.

[내가 그랬단 말입니까?]

[그랬어요.]

그뿐만이 아니라 사실 진검룡은 민수림이 자신의 여자인데 그녀와 뽀뽀도 하고 뭣도 했으며 또 뭣도 할 수 있다면서 온갖 주접을 다 떨었는데, 민수림은 차마 그것까지는 자신의 입으로 말할 수가 없다.

그런데 진검룡은 민수림이 방금 말하고 나서 뭔가 할 말이 더 남아 있는 것 같은 느낌을 받았다.

[내가 고 형에게 뭐 다른 말을 또 했습니까?]

민수림의 얼굴이 붉어졌다.

[하지 않았어요.]

그녀의 어설픈 부정이 진검룡의 짐작을 더욱 확실하게 만들어주었다.

'이런… 내가 술 취해서 뭔가 다른 실수를 한 게 분명하군. 술이 원수야, 술이… 쩝!'

그런 생각을 하니까 입맛이 쓰디썼다.

한림이 믿어지지 않는다는 표정을 지었다.

"범 제가 보낸 전서구 서찰에는 진 소협이 내일 오전이나 정오 무렵에 남경에 도착할 거라고 적혔는데 어찌 이리 빨리 오신 것이오?"

"아… 그게."

"진 소협은 어제 밤새도록 범 제와 술을 마시지 않았소? 설마 진 소협이 두 명이오?"

진검룡이 두 명이어서 한 명은 지금 남경으로 오는 중이고 또 한 명은 진작부터 남경에서 머물고 있었다고 해야 이치에 맞는다는 뜻이다.

진검룡은 사실대로 말해줘야지만 별것 아닌 오해가 풀릴 것이라고 생각했다.

일류고수라고 해도 하루하고도 한나절 이상 걸리는 백오십여 리 먼 거리를 몇 시진 만에 도착했으니 어느 누구라도 오해를 할 것이다.

"수림이 전개했던 게 무슨 경공이라고 했습니까?"

"어풍비행이에요."

진검룡은 한림에게 가볍게 고개를 끄떡였다.

"그걸로 왔습니다."

"어풍비행……."

한림은 어풍비행이 무엇인지 풍문으로 들어서 알고 있다. 지상에서 수십 장 드높은 하늘로 떠올라서 바람에 깃털처럼 몸을 실어 아무리 먼 거리라도 단숨에 날아가는 경공술이며, 하루에 천 리 이상도 갈 수 있다고 한다.

그렇지만 한림은 인간이 인간의 몸으로 어풍비행을 전개하는 광경을 한 번도 본 적이 없다.

왜냐하면 그것은 전설이나 신화 속에서 등장하는 입신지경의 초상승 경공술이기 때문이다. 풍문으로 듣기에도 신선이 펼쳤다고 했었다.

한림은 알았다는 듯 빙그레 웃었다. 진검룡과 민수림이 가벼운 농담을 하는 것이라 여겼기 때문이다.

과연 고범이 말한 것처럼 진검룡은 재미있는 사람이라는 생각도 들었다.

이럴 때는 그도 같이 웃으면서 맞장구를 쳐주는 것이 좋다. 그래야 결례가 안 된다.

"하늘 꼭대기에서 비행하면 어떤 기분입니까?"

한림은 진검룡과 민수림이 어풍비행으로 무진현에서 남경에 왔다는 사실을 일 푼어치도 믿지 않으면서 빙그레 미소 지으며 넌지시 말했다.

진검룡이 벙긋 웃었다.

"좀 선선합니다."

그는 한림이 고범의 의형이라니까 깍듯하게 존대를 했다.

"하하! 그렇소?"

실제로 지상에서 수십 장 상공의 하늘 위는 지상보다 훨씬 차가운 바람이 분다.

한림은 진검룡과 민수림을 대전 안으로 안내하여 향긋한 차를 대접했다.

민수림은 차보다는 술이 훨씬 더 마시고 싶었지만 잠자코 차를 마셨다.

진검룡이 찻잔을 들면서 궁금한 듯 한림에게 물었다.

"어떻게 저희라는 것을 알았습니까?"

한림은 빙그레 웃었다.

"범 제가 보낸 서찰에 의하면 두 분이 방립을 썼을 것이라고 했소. 그래서 수하의 보고를 받고 두 분일지 모른다는 생각에 즉시 달려 나간 것이오."

"그랬군요."

사실 진검룡과 민수림이 초라한 행색의 젊은 남녀 이십여 명을 이끌고 와서 그들을 항주 십엽루까지 호송해 달라는 부탁을 하자, 접수를 담당한 표두가 그 사실을 총표두인 한림에게 보고했다.

만약 평범한 표물을 맡기는 청부였다면 굳이 총표두에게까지 보고하지 않았을 것이다.

사람을 이십이 명이나 호송해 달라는 희한한 청부라서 보고하지 않을 수가 없었다.

진검룡은 고범의 의형인 한림이 꼬박꼬박 존대를 하고 정중한 것이 못내 부담이 됐다.

"나는 고 형을 친구로 생각하니까 형님께선 저를 고 형처럼 아우로 생각하십시오."

웬만한 사람이라면 이쯤에서 못 이기는 체 형님 호칭을 들으려고 할 것이다.

그렇지만 한림은 완강하게 고개를 가로저었다.

"그럴 수는 없소. 나는 고 범의 의형이지 진 소협의 의형이 아니오."

"내가 아우 될 자격이 없는 겁니까?"

진검룡이 따지듯이 묻자 한림은 정색을 했다.

"자고로 의형제란 오랜 세월을 사귀면서 서로 의기가 상통하고 뜻이 맞아야지만 자연스럽게 맺어지는 것이오. 그렇다면 진 소협과 나는 서로 의기가 상통했소? 첫눈에 그러기는 어려운 일이오."

"그건 아니지만……."

"범 제가 검황천문을 상전으로 모시는데 그렇다면 진 소협
도 검황천문을 상전으로 받들 수 있겠소?"

진검룡은 한림의 말뜻을 제대로 알아들었다. 그와 한림 두
사람은 서로에 대해서 아직 잘 모르고 있는데 형님 아우 하
는 것은 시기상조라는 뜻이다.

진검룡은 정중하게 포권을 했다.

"잘 알겠습니다."

그러면서 그는 마음속으로 한림을 형님으로 모시겠다는 생
각을 했다.

한림은 중후한 체격에 제법 준수한 용모와 정의로운 성품
등을 갖추고 있으며, 또한 고범의 의형이므로 진검룡이 봤을
때 의형 이상의 자격이 있는 사람이다.

진검룡과 민수림은 방립을 벗은 모습이라서 한림은 아까부
터 두 사람을 보며 감탄을 연발하고 있는 중이다.

진검룡이 잘생긴 미남이기는 하지만 천하에서 짝을 찾으라
면 수천 명은 찾아낼 수 있을 정도다.

말하자면 한번 쳐다보고 나서 시선을 떼지 못할 정도의 미
남은 아니라는 얘기다.

그러나 민수림의 절세미모는 목석으로 만든 부처님도 파계
를 하게 만들 정도라서 대저 천하에 그녀와 비견할 만한 미녀

는 단연코 한 명도 없을 것이 분명하다.

한림은 전서구 서찰을 보낸 고범이 어째서 민수림에 대해서는 한마디도 적지 않았는지 짐작할 수 있을 듯했다.

평소의 고범이었다면 한림에게 전서구를 보낼 때 분명히 민수림에 대해서 소상히 적었을 테지만, 그녀가 이 정도의 절색 미모를 지니고 있기 때문에 고범의 심경을 크게 뒤흔들어 놓았을 테고 그래서 고범은 그녀에 대해서는 감히 필설로 옮기지 못한 것이리라.

한림이 보기에도 민수림의 미모는 과연 그럴 만했다. 오죽하면 방립으로 얼굴을 감추고 다니겠는가.

그녀가 얼굴을 드러내고 거리를 활보한다면 필시 난리가 벌어질 것이 분명하다.

하지만 한림은 여자에 대해서는 고범과 비슷한 성품이라서 민수림을 힐끗거린다든가 그녀에게 흑심을 품고 수작을 부리는 경거망동은 하지 않았다.

이십이 명 노예들에 대한 진검룡의 설명을 듣고 난 한림은 흔쾌히 수락했다.

"내 그들을 항주 십엽루까지 책임지고 호송할 테니까 염려하지 마시오."

"고맙습니다."

한림은 주위를 둘러보고서 아무도 없는 것을 확인하고서도 목소리를 한껏 낮추었다.

"곤산파 장문인 풍건을 구할 계획이오?"

진검룡은 쓸쓸한 표정을 지었다. 자신이 고범에게 풍건에 대해서 말했다는 민수림의 말이 사실이기 때문이다.

진검룡은 진중한 표정으로 고개를 끄떡였다.

"그렇습니다."

"혹시 괜찮다면 무엇 때문에 그를 구하려는 것인지 말해줄 수 있겠소?"

"그게……."

풍건을 구하려는 이유에 대해서는 한림이 모르는 것으로 봐서 진검룡이 거기까지는 고범에게 말하지 않은 모양이다.

그렇지만 진검룡은 자신과 풍건 사이에 있었던 일을 한림에게 말해줄 필요를 느끼지 못했다.

한림은 진검룡이 곤란하게 생각한다는 것을 눈치채고 다시 한번 정중한 표정을 지었다.

"실은 풍건은 나의 의형이오. 풍 형님과 나, 고범 세 사람은 피로 맺은 결의형제요."

"아… 그렇습니까?"

한림은 다시 한번 주위를 둘러보고 나서 목소리를 더욱 낮추어 진지하게 말했다.

"무엇 때문에 곤산파가 봉문을 당하고 풍 형님께서 검황천문에 잡혀가셨는지 모르지만 필경 억울한 누명을 쓰셨을 것이오. 풍 형님께서는 그 정도의 대죄를 저지르실 분이 아니오. 그건 내가 보증하오."

진검룡은 처음에 한림을 봤을 때 눈이 붉게 충혈되고 푸석푸석한 모습이라서 의아하게 생각했었는데, 이제 보니까 풍건 때문에 걱정을 많이 했기 때문인 것 같았다.

부모가 다르고 태어난 시기도 다르지만 이런 의형제야말로 진정 피를 나눈 친형제보다 더 돈독하다.

*   *   *

한림은 착잡한 표정으로 말을 이었다.

"곤산파가 봉문되고 풍 형님께서 검황천문에 붙잡혀 가신 뒤로는 나와 범 제는 사는 게 사는 것이 아닐 정도로 정신이 황폐해졌소."

그의 얼굴이 비통함으로 물들었다.

"나와 범 제는 도대체 무엇 때문에 곤산파가 봉문되고 풍 형님께서 잡혀가셨는지도 모르는 판국이라서 답답하고 원통해서 죽을 지경이오."

그는 한 가닥 기대 어린 표정으로 진검룡과 민수림을 번갈아 쳐다보았다.

"그런데 이렇게 두 분이 풍 형님을 구하려고 남경까지 온 것을 보니 내 심정이 이를 데 없이 복잡하오."

그럴 것이다. 풍건의 의제인 한림과 고범은 아무것도 하지 못하고 있는데, 남인 진검룡과 민수림이 풍건을 구하겠다고 불원천리 남경까지 왔으므로 고마우면서도 비참한 심정이 복잡하게 교차할 터이다.

그때 한림이 일어서더니 정중하게 포권을 하고 깊숙이 허리를 굽혔다.

"부디 말해주시오. 진 소협은 어째서 풍 형님을 구하려고 하는 것이오?"

일이 이쯤 되면 진검룡으로서는 자신과 풍건에 대해서 설명하지 않을 수가 없다.

진검룡의 설명을 다 듣고 난 한림은 크게 놀라서 벌떡 일어났다가 한참이 지나서야 다시 자리에 앉았다.

"아아… 그랬었군요……!"

진검룡은 풍건이 곤산파 고수들을 이끌고 동천목산으로 자신을 죽이러 왔다는 것과 그가 마음에 들어서 수하로 거두기로 작정하고 밀어붙여서 끝내 풍건을 수하로 거두었다는 것, 그래서 풍건은 수하들을 이끌고 돌아갔으며 그것 때문에 검황천문에게 곤산파가 봉문을 당하고 그가 끌려간 것이라는 설명을 자세히 해주었다.

진검룡은 쓸쓸한 표정을 지었다.

"나는 풍건에게 모든 일을 처리한 후에 항주로 날 찾아오라고 말해주었습니다. 그런데 설마 곤산파가 봉문을 당하고 풍건이 검황천문에 잡혀갔을 줄은 상상도 하지 못했습니다. 그 모든 것이 내 탓입니다."

그는 매우 자책 어린 표정을 지었다.

"내가 정말 어리석었습니다. 어째서 거기까지는 생각하지 못한 것인지……."

한림은 세차게 두 손을 내저었다.

"아닙니다. 절대 그렇지 않습니다……! 당신은 아무런 잘못이 없습니다!"

그의 말투가 변했다. 진검룡이 풍건을 수하로 거두었기 때문이다. 한림은 풍건의 의제가 아닌가.

한림은 다시 일어나서 탁자 옆으로 나오더니 갑자기 진검룡에게 큰절을 했다.

"한림이 대인을 뵈옵니다."

진검룡이 깜짝 놀라서 벌떡 일어서려는데 민수림이 즉시 그의 팔을 잡고 만류했다.

그가 쳐다보자 민수림이 조용히 전음을 했다.

[가만히 있어요. 한림은 풍건의 의제이므로 항렬을 따진다면 검룡의 수하예요.]

[아…….]

족보가 또 그렇게 되는 것이다.

[당신이 여기에서 한림의 인사를 받지 않는다면 풍건을 수하로 거두지 않겠다는 뜻이에요.]

[그렇군요.]

그는 자리에 앉아서 묵직하게 고개를 끄떡였다.

"일어나십시오."

한림이 조심스럽게 일어섰다.

"말씀을 낮추시지 않으면 제가 곤란합니다."

민수림이 진검룡의 팔을 잡고 있는 손에 슬쩍 힘을 주었다.

진검룡은 고개를 끄떡였다.

"알겠네."

진검룡은 맞은편 의자를 가리켰다.

"앉게."

한림은 사양하지 않고 자리에 앉았다. 진검룡의 말을 명령이라고 여겼기 때문이다.

진검룡이 자세를 바로 하고 말했다.

"우선 내가 데려온 사람들을 항주로 보내놓고 나서 풍건 일을 의논해 보세."

묘족 소녀와 묘족 여자가 자신의 친구라는 세 명의 묘족 소녀들을 데리고 진검룡과 민수림을 보려고 찾아왔다.

"우린 묘강으로 가요."

진검룡은 고개를 끄떡였다.

"조심해서 가거라. 다시는 친구를 잃어버리지 말고."

묘족 소녀는 자신의 이름이 야미(椰媚)이고 십칠 세라고 했다.

묘족 여자는 야미의 수하이며 이름이 홍랑(洪娘), 나이는 이십오 세라고 했다.

또한 노예 상인들에게 붙잡혀 있던 세 명의 묘족 소녀들은 야미네 부족의 소녀들인데 부족 근처에서 납치되었다가 노예 상인에게 넘겨졌고, 야미가 홍랑을 데리고 끈질기게 추적하여 여기까지 따라온 것이라고 한다.

그러니까 세 명의 묘족 소녀들은 야미의 친구가 아니라 부족민인 것이다.

야미가 까맣고 큰 눈을 깜빡거리면서 진검룡을 바라보았다.

"오빠라고 불러도 되나요?"

진검룡은 야미의 머리를 쓰다듬었다.

"그래."

"저는 오빠가 없어요. 부모님뿐이에요."

"부모님 말씀 잘 들어라."

"네, 오빠를 만나려면 어디로 찾아가면 되나요?"

진검룡은 오늘 이 자리에서 헤어지면 야미와 다시 만날 가능성이 전혀 없다는 것을 잘 알고 있지만 야미의 물음에 대답해 주었다.

"항주에서 진검룡을 찾으면 된다."

"알겠어요, 검룡 오빠."

그러더니 야미는 폴짝 뛰어서 진검룡 품에 안겼다. 그녀는 두 팔로 그의 허리를 꼭 끌어안고 뺨을 가슴에 비볐다. 마치 친 누이동생 같은 행동이다.

"정말 고마워요, 검룡 오빠."

야미는 진검룡의 돈주머니를 훔치려다가 붙잡혀서 치도곤을 당해야 하는데도 오히려 그가 그녀가 구하려던 묘족 소녀 세 명을 구해주었으니, 세상천지에 이런 은혜를 베푸는 사람은 아무도 없을 것이다.

진검룡은 야미의 등을 쓰다듬어 주었다.

"조심해서 가라."

진검룡 품에서 떨어진 야미와 수하 홍랑, 그리고 세 명의 묘족 소녀는 그에게 공손히 허리를 굽혀 인사하고는 아쉬운 듯 몇 번이나 뒤돌아보면서 떠났다.

남경 서쪽 막수호라는 아름다운 호수의 북쪽 호숫가에 위치해 있는 검황천문은 너무도 거대해서 마치 북경에 있는 황성을 보는 듯했다.

그런데 검황천문은 담이 없다. 아무리 작은 소방파라고 해도 자기들을 보호해 주는 담을 세우는 법인데 장강 이남의 강남무림 전체를 지배하는 남천 검황천문에 담이 없다는 것은 놀라운 사실이다.

그래서 검황천문의 이백여 채에 이르는 고루거각들이 바깥에서 한눈에 일목요연하게 다 보였다.

검황천문에 담이 없는 이유에 대해서 알 만한 사람들은 다 알고 있다.

한마디로 말하면 넘치는 자신감이다. 검황천문에 들어오고 싶은 자가 있으면 들어오고 공격하려면 얼마든지 공격해 보라는 것이다.

검황천문의 그런 넘치는 패기와 자신감은 한 부류의 사람에겐 통하지 않는다.

즉, 초극고수다. 그러므로 검황천문에 담이 없는 것은 초극고수는 포기하는 것이 된다.

어차피 담이라는 것이 있어봐야 초극고수에겐 무용지물이 될 테니까 말이다.

해시(丑時: 새벽 2시경) 무렵.

[저기로군요.]

민수림이 까마득한 저 아래의 검황천문을 굽어보며 진검룡에게 전음을 보냈다.

한림이 총표두로 있는 진일표국의 최대 단골 고객은 검황천문이다.

그래서 검황천문에 수시로 드나들었던 한림은 검황천문 내부에 대해서 손금을 들여다보듯이 환하기 때문에 진검룡과 민수림에게 자세히 가르쳐 주었다.

한림은 풍건이 지금쯤 검황천문의 뇌옥인 지왕동(地王洞)에 감금되었을 것이라고 말했다.

지왕동은 총 다섯 등급으로 나누어져 있으며 한림은 풍건의 죄목으로 봤을 때 세 번째 지왕삼저(地王三底)에 갇혀 있을 것이라고 추측했다.

민수림은 진검룡의 팔을 잡고 어풍비행으로 지상에서 오십여 장 높이 밤하늘에 정지 비행으로 떠서 검황천문을 자세히 살펴보고 있다.

[지왕삼저라니까 바로 저기입니다. 한림이 설명해 준 대로 똑같군요.]

[가요.]

진검룡이 한 곳을 가리키자 민수림은 거칠 것 없이 그대로 급전직하 수직 아래로 내리꽂혔다.

검황천문 내에는 수시로 경호고수들이 삼삼오오 짝을 지어 순찰을 돌고 특히 지왕동은 경계가 훨씬 더 심하지만, 진검룡과 민수림에겐 별것 아니다.

아니, 진검룡은 이런 일에 젬병이지만 민수림은 예전에 수백 번도 더 해본 것처럼 거침없이 능숙했다.

지왕동에는 따로 뇌옥을 경계하는 호옥고수(護獄高手)가 있어서 안팎을 엄밀하게 지키고 있다.

무위가 고강하고 인정사정없는 호옥고수들이지만 진검룡과

민수림에겐 허수아비나 다름이 없다.

방립을 깊이 눌러쓴 두 사람은 지왕삼저의 크고 두툼한 철문 앞에 깃털처럼 소리 없이 내려섰다.

철문 앞에는 두 명의 호옥고수가 서 있는데 진검룡과 민수림은 그들의 뒤에 내려선 것이다.

그런데도 호옥고수 두 명은 아무런 낌새를 느끼지 못한 채 정면만 주시하고 있다가 민수림에게 혼혈이 제압되어 그대로 선 채 깊은 잠에 빠졌다.

민수림이 손바닥을 철문에 대고 가볍게 밀었지만 안에서 잠겼는지 끄떡도 하지 않았다.

그녀가 손에 조금 더 힘을 주자 철문이 그긍! 묵직한 소리를 내며 안쪽으로 밀려들면서 열렸다.

슷…….

진검룡은 철문이 열리자마자 민수림보다 더 빠르게 뇌옥 안으로 스며들었다.

철문이 잠겨 있다면 안쪽에도 호옥고수가 있을 것이라고 짐작하여 빠르게 진입한 것인데, 과연 철문 바로 안쪽에 두 명의 호옥고수가 놀라는 표정으로 서서 철문을 쳐다보고 있다가 쏘아 들어오는 진검룡을 보고 더욱 놀랐다.

파파팍!

"음……!"

그러나 두 명의 호옥고수는 상대가 누군지 확인하기도 전에 한 명은 혼혈이, 다른 한 명은 마혈과 아혈이 제압되어 그대로 풀썩 쓰러졌다.

진검룡은 마혈과 아혈이 제압된 호옥고수가 쓰러지지 않게 어깨를 잡고 재빨리 그자의 뒤에 섰다.

이어서 그자의 정수리 천령개에 중지를 얹고 아혈을 풀어주면서 물었다.

"곤산파 장문인 풍건은 어디에 있느냐?"

호옥고수는 천령개에 묵직한 아픔을 느끼면서 떨리는 목소리로 대답했다.

"좌측 제십칠방에 있습니다……"

천령개 즉, 백회혈은 사혈 중에서도 가장 위험한 사혈이라서 손가락으로 약간 세게 누르기만 해도 즉사하므로 호옥고수가 설설 길 수밖에 없다.

진검룡이 안쪽을 쳐다보니까 복도가 세 갈래 있으며 각 복도 위쪽에 길게 숫자가 적힌 팻말이 달려 있었다.

진검룡이 호옥고수의 혼혈을 누를 때 민수림은 이미 좌측 복도로 미끄러지듯이 쏘아가고 있다.

잠시 후 그녀는 어느 뇌옥 앞에 멈춰서 쏘아오고 있는 진검룡을 쳐다보았다.

[여기예요.]

민수림은 정확하게 제십칠방이라는 팻말이 달려 있는 뇌옥 앞에 서 있었다.

굳게 닫혀 있는 뇌옥의 철문에는 어른 주먹 크기의 자물쇠가 달려 있는데 진검룡이 손으로 잡고 슬쩍 힘을 주자 맥없이 부서졌다.

꽈자작!

진검룡은 철문을 밀면서 안으로 들어섰다.

꽈드득……! 쿵!

원래 이 철문은 잡아당겨야 열리는데 힘을 줘서 밀자 통째로 부서져 바닥에 널브러졌다.

진검룡은 캄캄한 데다 토할 것 같은 심한 악취가 풍기는 뇌옥 안 정면 벽에 한 사람이 사지를 벌린 채 서 있는 것을 발견하고 다가갔다.

그 사람은 머리를 산발하여 풀어 헤치고 벌거벗은 모습인데 활짝 벌린 두 손의 손목과 발목에 쇠사슬이 묶여 있고 온몸이 피투성이 참혹한 몰골이다.

얼굴을 비롯한 온몸이 피투성이여서 진검룡은 그를 한참이나 들여다보고서야 풍건인 것을 알아냈다.

풍건은 혼절했는지 고개를 푹 숙이고 있었다.

진검룡은 순정강검을 만들어내서 풍건의 두 손목과 두 발목을 묶은 쇠사슬을 잘랐다.

채챙!

쇠사슬은 썩은 새끼줄처럼 간단하게 잘렸다.

"풍건."

그는 풍건을 바닥에 조심스럽게 눕히고 나서 그를 불렀다.

민수림은 뇌옥 안으로 들어오려다가 풍건이 벌거벗은 모습인 것을 보고 얼른 고개를 돌리고는 밖으로 나가 문 옆으로 비켜섰다.

진검룡의 목소리에 풍건이 힘겹게 눈을 떴다.

진검룡은 방립을 벗었다.

"날세. 진검룡이야."

"아……."

풍건은 소스라치게 놀라서 일어나려고 버둥거렸지만 뜻대로 되지 않았다.

진검룡은 그의 어깨를 눌렀다.

"누워 있어. 치료해 주겠네."

풍건의 피범벅 얼굴이 일그러졌다.

"주군……."

그가 방금 처음으로 진검룡을 주군이라고 불렀다. 그는 진검룡이 자신을 구하러 올 것이라고는 단 일 푼어치도 상상하지 못했다.

또한 그는 자신이 앞으로 밝은 세상을 보지 못하고 이곳 뇌옥 안에서 죽을 것이라고 예상했다. 그렇기에 그의 감격은 엄청난 것이다.

그는 감격으로 몸을 부들부들 떨다가 기어코 왈칵하고 눈물을 쏟아냈다.

"주군······!"

진정한 사나이 풍건이 눈물을 흘리는 것을 보고 진검룡의
가슴도 먹먹해졌다.

第四十四章

천하명당

　스으으······.

　진검룡과 민수림, 풍건 세 사람이 남경 중심가에 위치한 진일표국으로 하강했다.

　민수림이 나란히 서서 진검룡의 팔을 잡고 진검룡이 풍건의 팔을 잡은 상태다.

　진검룡은 삼백 년 공력을 지녔지만 아직 어풍비행을 전개하지는 못한다.

　공력이 대략 사백 년 정도가 돼야 어풍비행을 펼칠 수 있기도 하지만 초식 구결이 워낙 난해해서 진검룡이 익히기에는 시기상조다.

어쨌든 풍건은 진검룡이 어풍비행을 전개하고 있는 것이라고 믿었다.

아까 검황천문 뇌옥에서 진검룡은 풍건에게 순정기를 주입하여 그가 고문을 당하면서 입은 온몸의 상처를 한순간에 깨끗하게 낫게 해주었다.

검황천문 지도부는 전광신수를 죽이라는 명령을 풍건이 아무런 이유도 없이 불복할 리가 없다고 단정하여 그를 고문해서 그 이유를 알아내려고 했던 것이다.

그렇지만 풍건은 끝끝내 입을 굳게 다물고 진검룡에 대한 말은 한마디도 하지 않았다.

"절 따라오십시오."

지면에 내려서자 풍건은 자신의 집인 양 거침없이 후원 쪽으로 달려갔다.

한림은 누군가를 기다리고 있는 듯 후원의 별채 앞 정원을 서성서리고 있다.

그는 아까 진검룡을 떠나보낸 이후 줄곧 정원을 서성거리고 있는 중이다.

그는 아내와 자식들과 함께 진일표국 후원의 별채에서 살고 있는데 아내가 몇 번이나 정원에 나와서 이제 그만 자라고 말했어도 그의 고집을 꺾지 못했다.

사실 그는 진검룡을 기다리고 있지만 내심으로는 그가 돌아오지 못할 것이라고 예상하고 있어서 마음이 착잡하기 그지 없는 상태다.

설사 운이 좋아서 진검룡과 민수림이 돌아오더라도 풍건을 구하지는 못했을 것이라고 예상했다.

'내가 더 말렸어야 했어……!'

그는 이미 골백번도 더 했던 후회를 또다시 했다.

그는 진검룡에게 검황천문에 가지 말라고 한사코 말렸다. 풍건이 검황천문에 갇혀 있는 일은 더없이 안타까운 일이지만 그를 구하려다가 진검룡과 민수림이 화를 당할 것이라는 말을 잊지 않았다.

그렇지만 진검룡은 그의 만류를 귓등으로도 듣지 않았다. 그랬다고 해도 한림은 더 결사적으로 말렸어야 했다면서 자책하고 있는 것이다.

'그는 벌써 죽기는 아까운, 정말 정의로운 청년이었는데… 아아… 안타깝구나……!'

그는 고개를 절레절레 가로저으면서 괴로워했다.

그러다가 그는 컴컴한 어둠을 뚫고 저만치에서 이쪽으로 달려오는 한 사람을 발견했다.

그리고 달려오는 사람이 풍건이라는 사실을 확인하고는 혼비백산할 정도로 경악했다.

"혀… 형님……."

풍건이 달려와서 한림의 손을 덥석 잡으며 격앙된 목소리로 외쳤다.

"림 제!"

"형님!"

한림은 풍건을 와락 부둥켜안았다.

그는 풍건에게 이게 어떻게 된 일이냐고 물으려다가 그의 어깨 너머로 저만치에서 나란히 달려오는 진검룡과 민수림을 발견했다.

그제야 두 사람이 풍건을 구해 온 것이라는 사실을 알게 되어 소스라치게 놀랐다.

한림의 예상은 철저하게 다 빗나갔다. 진검룡과 민수림은 무사히 돌아왔을 뿐만 아니라 풍건까지 구했다.

두 사람은 한림이 예상했던 것보다 훨씬 더 높은 차원의 고수였던 것이다.

한림은 안았던 풍건을 놓고 다가오는 진검룡과 민수림을 향해 넙죽 큰절을 올렸다.

"정말 고맙습니다, 두 분."

그걸 보고 민수림이 진검룡에게 전음을 보냈다.

[잠력을 일으켜서 한림을 일으켜 보세요.]

[잠력을 어떻게 일으킵니까?]

[팔을 길게 늘인다는 생각으로 공력을 느리게 발출하여 한림의 몸에 닿도록 해보세요.]

[해보겠습니다.]

진검룡은 민수림 말대로 한림을 향해 두 팔을 뻗고 공력을 아주 느리게 발출했다.

잠시 후에 공력이 한림의 몸에 닿는 느낌이 그의 두 손 끝에 전해졌다. 그것은 마치 손으로 한림의 몸을 만진 것 같은 느낌이다.

그는 공력으로 한림의 양쪽 어깨를 잡고 천천히 일으켰다.

"아……."

한림의 몸이 지면에서 둥실 떠올랐다가 두 발이 땅에 살며시 내려졌다.

그는 세 걸음 앞에 진검룡이 두 팔을 자신을 향해 뻗고 있는 것을 보고 어떻게 된 일인지 짐작했다. 손을 대지 않고 무형의 잠력으로 그를 일으킨 것이다.

풍건이 한림의 어깨에 손을 얹고 껄껄 웃었다.

"림 제, 주군께서 날 지왕동에서 구해주시고 상처까지 말끔히 치료해 주셨네."

"그러셨습니까?"

풍건은 신바람이 났다.

"지왕동에서 매일 모진 고문을 당하여 온몸이 만신창이가 됐었는데 주군께서 내 몸에 손 한 번 대니까 말끔하게 깨끗이 치료가 됐다네. 자네, 그 사실이 믿어지나?"

한림은 미소를 지으며 고개를 끄떡였다.

"그런 기적을 일으키신 분이 진 대인이시라 믿는 겁니다. 다른 사람이라면 절대 믿지 못하죠."

"그렇지. 자네도 주군의 신력을 아는군."

그때 진검룡이 말했다.

"우린 이제 그만 가겠네. 잘 있게."

풍건과 한림이 펄쩍 뛰며 놀랐다.

"아… 아니, 어딜 가신다는 말씀이십니까?"

"갑자기 무슨 말씀입니까?"

진검룡이 피곤한 듯 고개를 저으며 툴툴거렸다.

"풍건 구해 오느라 피곤한데 이거 안으로 들어오라는 말도 없으니 어디 거리에 나가서 객점 문이라도 두드려서 잘 곳을 알아봐야겠네."

민수림도 주먹으로 자신의 어깨를 콩콩 두드리며 거들었다.

"아아… 나도 갑자기 술 한잔이 당기네요."

"아이고……! 죽을죄를 졌습니다, 대인……."

한림이 연신 굽실거리면서 두 사람에게 다가갔다.

한림과 풍건이 두 사람을 안으로 이끌었다.

"어서 들어가시지요."

"근사한 술상을 준비하겠습니다. 어서 안으로 드시지요."

*　　　　*　　　　*

진검룡과 민수림은 항주를 떠난 지 장장 사십여 일 만에 무사히 돌아왔다.

민수림은 동천목산으로 떠나기 전에 새로운 문파를 개파할 장소를 정해놓았다.

십엽루주 현수란은 항주를 중심으로 삼십여 리 이내에 크고 작은 장원 수십 채를 소유하고 있는데 그것들 중에 어느 것이라도, 그리고 몇 개라도 필요하면 사용하라고 했다.

민수림의 마음에 꼭 들었던 장원은 항주 남문 밖 장항천(長沆川) 강가에 위치해 있었다.

항주를 관통하거나 동쪽과 서쪽을 에워싸듯이 흐르는 물줄기는 무려 삽십여 개에 달하고 그것들이 마지막에는 항주 남문 밖에서 하나로 합쳐지는데 그 강이 바로 장항천이다.

그리고 장항천은 오 리쯤 더 흘러서 절강성 최대의 강인 전당강(錢塘江)으로 흘러든다.

그러니까 결국 장항천의 전체 길이는 십 리 정도밖에 안 되는데, 장항천이 시작되는 지점에 민수림이 점찍어놓은 장원이 있는 것이다.

이 지점의 장항천은 폭이 삼십여 장에 이르고 수심이 깊으며 물살이 세지 않아서 많은 배들이 왕래한다.

배들이 항주 남문 밖 장항천을 항행하고 있다면 대부분 전당강까지 가고 거기에서 칠, 팔 할이 바다로 나간다.

민수림이 이곳의 장원을 선택한 것은 오로지 지리적인 위치 즉, 장항천을 끼고 있어서 전당강과 바다로 빠른 시간에 나갈 수 있다는 사실 하나 때문이다.

진검룡은 이사를 마친 후에 민수림과 함께 장원의 전문 앞 장항천에 나왔다.

강가에는 관도가 강을 따라서 길고 곧게 이어졌으며 커다란 나무들이 줄지어 서 있다.

"저길 보세요."

민수림이 장원의 전문 앞을 지나가는 관도 건너편 장항천 강가의 작은 포구를 가리켰다.

그곳의 작은 목교에는 독보가 몰고 온 용림당 한 척만 덩그렇게 정박해 있다.

포구는 매우 작아서 용림당만 한 배 한 척만 더 정박하면 꽉 찰 정도다.

"저길 확장할까 해요."

"넓힌다는 겁니까?"

"네."

두 사람 뒤쪽에는 청랑과 풍건, 한림이 나란히 서 있다.

검황천문 뇌옥에서 무사히 살아나온 풍건은 두말없이 진검룡을 따라왔다.

풍건에게 목숨을 바쳐서 충성하는 곤산파의 고수 이십오 명이 항주에 따라왔다.

그들은 곤산파가 봉문한 이후 흩어지지 않고 곤산파 근처에 모여 있다가, 그의 부름을 받는 즉시 모여서 항주로 가자는 말에 일절 토를 달지 않고 따라나선 것이다.

그리고 진검룡은 그들을 기꺼이 새 식구로 받아들였다.

풍건과 곤산파 고수 이십오 명만 온 것이 아니라 그들의 가족까지 모두 이끌고 왔으므로 모두 백이십여 명이나 된다.

이곳 장원은 이십여 채의 크고 작은 전각으로 이루어졌으므로 그것들 중에서 대여섯 채 정도 내어주면 백이십여 명이 생활하는 데 부족함이 없다.

한림은 아내와 아들딸 가족만 데리고 진일표국 총표두 자리를 버리고서 항주로 왔다.

진일표국의 표사 수십 명이 그를 따라온다고 나섰지만, 그렇게 되면 진일표국의 업무가 일시에 마비될 것이라서 한림이 극구 만류했다.

한림은 의형인 풍건을 따라온 것이 아니라 자신의 의지로 온 것이다.

그는 진검룡의 영웅다운 면모를 직접 겪어보고는 한없는 존경심이 샘물처럼 솟구쳐서 그동안 자신이 이루었던 모든 것을 초개처럼 버리고 항주에 왔다.

진일표국 표국주가 너 없으면 표국 문을 닫을 수밖에 없다면서 울며불며 매달렸지만 가차 없이 떼어내고 왔다.

청랑은 무진현 주루에서 술 두 모금 마시고 뻗어버린 탓에 이틀 동안 객점에 버려졌던 것 때문에 얼마나 진검룡을 원망했는지 모른다.

진검룡이 민수림에게 물었다.

"포구를 얼마나 넓힐 겁니까?"

"용림당보다 서너 배 큰 배 열 척이 한꺼번에 정박할 수 있을 정도로 넓힐 거예요."

진검룡은 눈을 크게 떴다.

"굉장하군요."

그는 크게 감탄하면서도 어째서 포구를 그 정도로 크게 확장하는지에 대해서는 묻지 않았다.

민수림을 믿기도 하지만 나중에 그녀가 이유를 자세히 설명해 줄 것이기 때문이다.

진검룡은 다른 게 궁금했다. 그는 강을 쳐다보았다.

"그렇게 큰 배가 다닐 수 있습니까?"

"장항천 수심을 확인했는데 평균 사 장이라서 아무리 큰 배라고 해도 다닐 수 있어요. 그리고 포구를 확장하면서 강바닥을 파서 깊게 하면 돼요."

장항천 수심까지 확인하다니 역시 빈틈없는 민수림이다.

민수림이 새 문파를 개파할 곳으로 지목한 장원의 원래 녕

칭은 혜림원(惠臨苑)이다.

그녀가 혜림원을 선택한 또 하나의 이유가 있다면 대지가
매우 넓다는 사실 때문이다.

드넓은 대지에 이십여 채의 전각들이 여기저기 띄엄띄엄 멀
찌감치 떨어져 있는 광경이다.

다른 장원처럼 건축을 한다면 족히 전각 오십여 채를 지어
도 널찍할 터이다.

더구나 장원의 드넓은 대지 여기저기에 아름다우면서 크고
작은 호수 열두 개가 흩어져 있으며 놀라운 것은 그것들이 서
로 다 연결되었다는 사실이다.

장원 배후에는 멀지 않은 곳에 항주의 명산인 옥황
산(玉皇山)이 자리를 잡고 있으며, 그곳에서 발원하는
몇 개의 물줄기 중 하나인 세류천(細流川)이 이곳 장원
뒤쪽으로 흘러 들어와서 호수 열두 개를 만들고는 마
지막에 장항천으로 흘러 나가는 것이다.

세류천의 물은 한여름에는 차갑기가 빙정 같고 한겨울에는
따스해서 헤엄을 치거나 목욕의 명소로 꼽힌다.

또한 바닥의 돌멩이 하나까지 훤히 들여다보일 만큼 맑아
서 식수로 사용해도 무방하다.

*   *   *

민수림은 혜림원 내에 이십여 채의 전각과 누각 등을 더 건축하고 혜림원 뒤쪽 넓은 대지에 따로 하나의 마을을 만들어서, 그곳에 가족들을 이주시켜 살게 하고 싶다는 자신의 계획을 밝혔다.

"훌륭합니다."

민수림이 하는 일이라면 무조건 쌍수를 들고 환영하는 진검룡이라서 지금처럼 정말로 좋은 계획에는 두 발까지 들어서 자신의 마음을 표현하고 싶은 심정이다.

"자네들은 어떤가?"

혜림원 뒷담 너머 드넓게 펼쳐진 대지 앞에 민수림과 나란히 선 진검룡이 풍건과 한림을 돌아보면서 물었다.

두 사람은 크게 고개를 끄떡이고 엄지를 치켜세우며 감탄했다.

"훌륭합니다."

"최고입니다."

풍건이 드넓은 대지를 보면서 진검룡에게 물었다.

"저긴 누구 땅입니까?"

"우리 거야."

풍건이 조심스럽게 의견을 내놓았다.

"저기에 밭을 경작해도 되겠습니까?"

진검룡이 민수림을 쳐다보면서 '…라는데요?'라는 표정을 지었다. 그녀의 의견을 묻는 것이다.

민수림이 고개를 끄떡였다.

"좋은 의견이에요."

그녀는 진검룡을 보면서 더 좋은 의견을 첨가하여 설명하듯이 말했다.

"검룡, 밭을 경작하는 것만이 아니라 가족들이 하고 싶은 것들을 다 하게 해주는 것이 좋겠어요."

진검룡은 미소를 지으며 물었다.

"예를 들면 어떤 것들 말입니까?"

"가족들 중에 누군가 장사를 하고 싶다면 항주 성내에 가게를 내어주고 학문을 하고 싶다면 학당에 보내줄 것이고 관(官)에 등용하고 싶다면 관리가 될 수 있도록 물심양면 도움을 주는 것들이지요."

풍건과 한림이 탄성을 터뜨렸다.

"오오… 과연……!"

두 사람은 물론이고 수하들의 가족이 많으므로 그들까지 두루 챙겨주는 것이 고마울 수밖에 없다.

"그리고 머지않아서 우리가 하게 될 일에 참여하고 싶다면 그 역시 일자리를 내어주는 게 좋겠어요."

민수림이 나중에 설명을 해줄 텐데도 진검룡은 너무 궁금해서 참지 못하고 물었다.

"우리가 하게 될 일이 무엇입니까?"

민수림은 손가락 세 개를 폈다.

"훌륭한 문파를 세우기 위해서는 세 가지가 필요해요."

"그게 뭡니까?"

진검룡만이 아니라 풍건과 한림, 청랑도 궁금한 표정으로 민수림을 주시했다.

민수림은 손가락을 하나씩 꼽았다.

"첫째, 뛰어난 무공. 둘째, 영웅의 덕목. 셋째, 재물이에요. 세 가지 중에서 어느 것이 가장 중요하다고 말할 수 없어요. 세 가지 다 고루 중요해요."

풍건과 한림은 고개를 크게 끄떡였다.

"맞는 말씀이십니다."

민수림은 손가락 두 개를 펴 보였다.

"우리는 첫째와 둘째를 갖고 있지만 셋째 즉, 재물이 충분하지 않아요. 그래서 그걸 최대한 끌어모을 겁니다."

문파나 방파를 개파하고 유지하는 데 있어서 가장 중요한 것이 뛰어난 무공일 것이다.

제아무리 훌륭한 영웅의 덕목과 무진장의 재물을 지니고 있더라도 일신의 무공이 형편없으면 냉엄하고 비정한 무림계에서 천덕꾸러기가 되기 일쑤이고, 그러다가 끝내는 도태돼 버리고 말 것이다.

둘째, 영웅의 덕목은 뛰어난 무공만큼이나 중요한 요소라고 할 수 있다.

문파나 방파를 이끌어 나갈 수장(首長)이 영웅적이지 못하고 존경받는 덕목마저도 지니지 못했다면 그 휘하에 좋은 수하들이 모여들지 않는 것은 당연하다.

셋째, 뛰어난 무공과 영웅적인 덕목을 지니고 있더라도 수중에 돈이 없으면 고생문이 활짝 열린 것이다.

문파를 이끄는 수장을 비롯한 전체 수하들이 돈이 없어서 온갖 수모를 당하고 고생을 하다가는 결국 문파가 해체되고 말 것이다.

민수림이 낭랑한 목소리로 말했다.

"우리는 장차 사업을 하게 될 텐데 그 일을 하는 데 있어서 가족들이 원한다면 누구를 막론하고 기용할 생각이에요."

진검룡은 물론이고 풍건과 한림은 흠모와 존경의 표정으로 민수림을 바라보았다.

그날 날이 저물기도 전에 십엽루주 현수란과 연검문주 태동화가 혜림원으로 찾아왔다.

현수란은 삼엽 은조를, 태동화는 제자 정무웅과 승무단(承武壇) 연린조(燕鱗組) 조장 화룡(華龍)을 데리고 왔다.

예전에 진검룡이 민수림과 함께 용림당을 타고 서호에서 항주 성내로 가기 위해서 정심천을 지나고 있을 때 비응보에서 통행료를 받고 있었는데, 그때 화룡이 진검룡에게 좋은 인상을 남겼다.

현수란과 태동화는 대전에 들어오면서 진검룡과 민수림을 발견하고는 반가운 표정을 지으면서 멀리에서 포권을 하며 허리를 굽혔다.

"대협! 오랜만에 뵙습니다!"

"대협! 소저! 보고 싶어서 죽을 뻔했어요!"

진검룡은 자리에 앉아 있다가 일어나서 그들에게 다가가며 환하게 웃었다.

"어서 오시오."

현수란은 달려와서 진검룡의 두 손을 덥석 잡더니 살며시 그의 품에 안겼다.

진검룡은 그녀의 진한 향기가 물씬 풍기자 조금 당황했지만 그녀가 무안할까 봐 뿌리치지 못했다.

그러나 현수란은 민수림의 눈치를 살짝 보더니 얼른 진검룡 품에서 빠져나왔다.

그녀는 사십여 일 만에 보는 진검룡 품에 안겼다는 사실만으로도 행복했다.

진검룡은 태동화 뒤에 오는 정무웅을 기다렸다가 그의 손을 잡으며 반갑게 맞이했다.

"어서 오게, 정 형."

진검룡은 정무웅과 친구가 되었지만 그의 사부인 태동화하고는 상관이 없어서 평소와 다름이 없는 특수한 관계를 유지하기로 했다.

현수란 뒤에 은조가 따라오고 있지만 진검룡은 그녀에겐 눈길도 주지 않았다.

정무웅하고는 친구가 되었지만, 은조하고 친구가 되자는 진검룡의 제의를 그녀가 자신의 나이가 두 살 더 많다는 이유로 거부했기 때문이다.

진검룡은 은조를 거들떠보지도 않는 대신 정무웅 뒤에서 공손히 허리를 굽혀 인사하고 있는 화룡을 반겼다.

"반갑다, 화룡."

"대협, 그간 잘 계셨습니까?"

화룡은 포권을 하며 허리를 깊숙이 숙였다.

초저녁부터 술판이 벌어졌다.

술을 무척이나 좋아하는 진검룡과 민수림은 꼭 그러지 않아도 되는데도 걸핏하면 술자리를 마련했다.

오늘은 진검룡과 민수림이 가족을 이끌고 혜림원으로 이사 온 날이라서 한잔하는 것이다.

현수란과 태동화는 처음 보는 풍건과 한림이 누구기에 진검룡과 함께 있는 것인지 궁금했고, 반대로 풍건과 한림은 현수란과 태동화의 신분이 궁금했다.

현수란은 이끌고 온 하녀들에게 지시하여 커다란 탁자에 온갖 요리와 술을 차렸다.

현수란은 진검룡에게 올 때에는 의례히 알아서 술과 요리를 준비해 오고 있다.

진검룡은 현수란에게 고개를 끄떡여 보였다.

"루주, 이 장원은 고맙게 사용하겠소."

"별말씀을요. 그러시면 섭섭해요."

진검룡 오른편에는 당연히 민수림이 앉아 있으며 왼쪽에는 현수란이 앉았다.

현수란은 처음부터 진검룡 옆에 앉으려고 작정을 하고 사람들에게 일일이 자리를 지정해 주고는 자신은 보란 듯이 진검룡 왼쪽에 앉은 것이다.

현수란은 하녀가 탁자에 차린 몇 개의 술병 중 하나를 집어서 민수림에게 내밀었다.

"소저께 드리려고 좋은 술을 가져왔어요."

"고마워요."

술이라면 사족을 못 쓰는 민수림은 미소 지으며 섬섬옥수를 뻗어 술병을 받았다.

진검룡이 민수림 손에서 술병을 건네받아 그녀의 잔에 따르려고 하는데 갑자기 전음이 들려왔다.

[주군, 속하 용강입니다.]

뜻밖에도 삼절사존 훈용강의 공손한 전음이다.

하루라도 여자를 품에 안지 못하는 날이면 죽는 것 이상으로 괴로움을 당해야만 하는 특수한 체질을 지니고 있는 훈용강은 다음 날 아침에 돌아오겠다며 무진현의 주루에서 진검룡의 곁을 떠났다.

그런데 그날 진검룡은 고범과 술을 마시다가 만취하여 인사불성이 되고 말았다.

진검룡이 깨어났을 때에는 민수림의 품에 안겨서 어풍비행으로 남경 초입의 상공을 날고 있었다.

이후에 진검룡은 민수림과 함께 검황천문에 잠입하여 풍건을 구하고 나서 남경의 진일표국 한림의 집에서 몇 시진 동안 술을 마신 후, 무진현 객점에 맡겨둔 청랑을 데리고 항주로 돌아왔다.

그때는 훈용강이 돌아오겠다고 한 다음 날 아침보다 하루가 늦은 상황이라 그와의 약속 자체가 어긋나서 그냥 항주로 돌아왔다.

그런데 훈용강이 알아서 제 발로 진검룡을 찾아온 것이다. 그더러 어떻게 여길 찾아왔느냐고 묻는 것처럼 어리석은 일은 없을 것이다. 그는 사파지존인 삼절사존이다. 그러면 대답이 된 것이다.

[지금 주군을 뵈어도 괜찮겠습니까?]

진검룡은 말없이 고개를 끄떡이고 나서 민수림의 잔에 술을 따랐다.

모두들 예의를 갖추어서 서로의 잔에 술을 따르고 있을 때 대전으로 한 사람이 성큼성큼 걸어서 들어오는데 다름 아닌 훈용강이다.

훈용강은 탁자 가까이에 멈춰서 진검룡에게 공손히 포권을 하면서 허리를 굽혔다.

"주군."

진검룡은 가볍게 고개를 끄떡이고 나서 빈자리를 가리켰다.

"앉아라."

진검룡과 민수림을 제외한 사람들은 훈용강을 보면서 적잖이 놀라며 감탄하는 표정을 지었다.

오죽하면 훈용강을 벌레처럼 여기던 청랑마저도 놀라는 얼굴로 눈을 깜빡거렸다.

훈용강은 무진현에서 봤던 모습이 아니라 완전히 딴사람으로 탈바꿈했다.

일신에 비단으로 지은 화려한 화복(華服)을 입었으며 이마에는 영웅건을 두르고 구레나룻을 멋들어지게 기른, 한번 시선을 주면 거두기 어려운 절세미남의 모습이다.

진검룡이 무진현에서 봤던 훈용강은 여자를 오랫동안 품지 못해서 몹시 초췌해진 모습이었다.

하지만 지금은 지난 나흘 동안 한 시진이 멀다 하고 여자를 품었으므로 심신에 정기와 총기가 넘쳐서 예전의 멋들어진 모습을 되찾은 상태였다.

진검룡과 민수림, 청랑을 제외한 중인은 훈용강이 대체 누구기에 진검룡에게 '주군'이라고 했는지 몹시 궁금한 표정으로 주시했다.

진검룡이 술잔을 들었다.

"자, 한잔하고 나서 각자 자기소개를 합시다."

모두 일제히 술 한 잔을 비우고 나서 제일 먼저 현수란이 천천히 일어나 우아한 동작으로 고개를 숙이고는 자신을 소개했다.

"현수란이에요."

풍건과 한림은 적잖이 놀라서 그녀를 쳐다보았다. 설마 그녀가 현수란일 줄 몰랐다는 표정이다.

그러나 훈용강은 현수란을 한 번 힐끗 쳐다보고는 시선을 다시 거두었다.

진일표국 총표두로서 경험이 풍부한 한림이 현수란을 보면서 놀라움을 억누르며 물었다.

"설마 혈옥엽 현수란 소저라는 말이오?"

혈옥엽 현수란은 항주십대인(杭州十大人) 중 한 명이다. 그것은 항주를 대표하는 열 명의 유명 인사 중 한 명이라는 뜻이다.

뿐만 아니라 혈옥엽은 항주의 거의 모든 주루와 기루를 소유하고 있는 십엽루주로서 항주제일부호이며 대단한 미모의 소유자로 미명을 날리고 있기도 하다.

풍건과 한림은 혈옥엽 현수란이라는 명성만 자자하게 들었을 뿐이지 실제로 보는 것은 처음이라서 호기심 어린 시선으로 그녀를 자세히 살펴보았다.

현수란은 한림이 삼십 세가 넘은 자신을 '소저'라고 불러주어서 매우 기분이 좋았다.

"소녀가 혈옥엽 현수란이에요."

그래서 자아도취되어 십 대나 이십 대 초반의 여자들이 자신을 지칭할 때 사용하는 '소녀'라는 호칭을 무리하게 사용하고 말았다.

하지만 그녀가 워낙 어려 보이는 데다 이 자리가 엄숙한 분위기라서 아무도 그것을 문제 삼지 않았다.

두 번째로 태동화가 일어나서 포권을 하며 인사했다.

"불초는 태동화라고 하오."

풍건과 한림은 이번에도 적잖이 놀란 표정으로 태동화를 쳐다보았다.

태동화 역시 항주십대인의 한 명이며 항주오대방문파의 하나인 연검문의 문주라는 막강한 신분이다.

그가 항주십대인이라고는 하지만 현재 존립 자체가 유명무실해진 오룡방의 방주와 비응보의 보주를 제외하고 나면, 항주에서는 금성문 문주 다음 이인자 정도로 대단한 인물이다.

그렇지만 훈용강은 이번에는 태동화를 쳐다보지도 않았다.

그의 시선을 끌 수 있는 사람은 무조건 미인이어야 하며, 남
녀 막론하고 그의 호기심을 자극하려면 엄청난 신분이거나
인물이어야만 한다.

第四十五章

신위(神威)를 보이다

그다음에는 풍건과 한림이 차례로 자신을 소개했다.

현수란과 태동화는 풍건, 한림과 반갑게 인사를 주고받았지만 훈용강은 다음 소개할 차례는 자신이면서도 줄곧 침묵을 지키며 묵묵히 술만 마셨다.

한림이 현수란과 태동화에게 정중하게 물었다.

"실례지만 두 분은 주군과 어떤 관계시오?"

'주군'이라는 말에 현수란과 태동화는 깜짝 놀랐다.

한림이 자신과 풍건을 가리키며 말했다.

"불초와 불초의 의형이신 이분 풍 형님은 얼마 전에 주군의 수하가 됐소."

"아……."

현수란과 태동화는 지난 사십여 일 동안 진검룡과 민수림에게 무슨 일이 있었는지 조금도 모르고 있다.

사십여 일 전 두 사람이 갑자기 항주에서 홀연히 사라졌으며 그들의 가족은 물론 아무도 그들이 어디로 갔는지, 어떻게되었는지 알지 못했다.

서호 설위촌 집의 진검룡 가족들은 전혀 예상하지 않았던두 사람의 실종에 발칵 뒤집혀서 울며불며 사방으로 그들을찾으러 다녔다.

그런데 사람들이 지치고 절망할 즈음에 진검룡과 민수림이 아무 일도 없었다는 듯이 무사히 집으로 돌아온 것이다.

현수란과 태동화, 정무웅과 화룡까지 다들 크게 놀란 표정으로 풍건과 한림을 쳐다보았다.

어찌 보면 남경은 항주보다 더 큰 도읍이라고 할 수 있다.남경과 항주는 같은 천하오대도읍이지만 항주는 미인이 많은색향(色鄕)인 데 비해서 남경은 상업이 발달하고 군사적인 요충지이며 사통팔달 교통의 요지다.

그런 남경의 삼대표국 중 하나인 진일표국의 총표두 한림이라면 강소성 남쪽 지역이나 항주 인근에서는 모르는 사람이없을 정도로 유명하다.

오산파는 절강성 북부 지역과 강소성 남쪽 접경 지역 일대

오백여 리를 지배하는 다섯 개의 문파를 가리키는데 곤산파는 그중에 곤산 일대 백여 리를 지배하는 문파다.

연검문은 대도 항주의 오대중방파 중 하나이므로 명성이나 세력으로 봤을 때 곤산파에 조금 밀린다.

곤산파는 백여 리 일대를 지배하지만 연검문은 항주의 오대중방파 중 하나일 뿐이기 때문이다.

그런 곤산파의 장문인 풍건이 자신의 입으로 진검룡의 수하라고 말하고 있는 것이다.

이때만큼은 훈용강도 풍건과 한림을 힐끗 한 번 쳐다보고는 다시 느릿하게 술을 마셨다.

훈용강은 술잔을 들고 진검룡을 쳐다보았다. 진검룡이 자기소개를 하라고 지시하면 따르겠지만 그게 아니면 잠자코 있으려는 생각이다.

그렇지만 진검룡은 민수림과 술잔을 주거니 받거니 하고 있을 뿐 그럴 기미가 보이지 않는다.

현수란 쪽이나 풍건, 한림도 훈용강이 누군지 궁금한 표정이지만 끝내 훈용강은 침묵을 지켰다.

진검룡은 구태여 훈용강의 신분을 일부러 밝힐 필요가 없다고 판단했다.

훈용강이 사파의 삼절사존이라는 사실을 밝히면 술자리가 어색해질 것이기 때문이다.

그의 관심사는 오로지 술자리뿐이다. 다른 사람들이 훈용강의 신분을 알게 되면 서로 간에 사이가 안 좋아지거나 꺼려지는 것 따위는 생각해 본 적도 없다.

술자리가 웬만큼 무르익자 진검룡의 지시로 풍건과 한림은 자신들이 진검룡을 만나게 된 동기와 그의 수하가 된 사연에 대해서 모두에게 설명했다.

설명을 다 듣고 난 현수란과 태동화는 크게 놀랐다.

"아아… 어떻게 해요? 진 대협이 기어코 남천의 살명부(殺冥簿)에 올랐으니 큰일이에요."

"비응보주 부호량과 오룡방주 손록이 자신들이 당한 일에 대해서 남천에 보고한 모양입니다."

진검룡은 살명부라는 것에 대해서 처음 들었기에 의아한 표정을 지었다.

"살명부가 무엇이오?"

풍건이 설명했다.

"살명부라는 이름 그대로 죽여야 할 인물들의 이름을 적어 놓은 책입니다. 남천에 저항하거나 강남무림을 어지럽히는 사파, 마도, 요계의 인물들이 대부분인데 살명부에 이름을 올리는 일은 남천의 흑명부(黑冥府)에서 합니다."

풍건은 진검룡에게 공손히 말했다.

"저는 주군께서 살명부에 오른 일을 알고 계실 것이라고 생각했습니다."

그만큼 살명부는 유명하다는 뜻이다.

진검룡은 별 관심이 없다는 듯 말했다.

"나는 아직 죽을 생각이 없어."

모두들 고개를 끄떡이면서 절대 그런 일이 일어나서는 안 된다고 한마디씩 했다.

그런데 민수림이 술잔을 비우고 나서 조용히 말했다.

"만약 검룡이 죽는다면 나는 검황천문을 초토로 만든 다음에 스스로 자결할 거예요."

"……."

그녀는 평소에 이런 말을 일절 하지 않는데 필시 지금은 술이 많이 취해서 자신의 감정을 드러낸 것 같다.

그녀의 말을 듣고 진검룡은 심장에 긴 창이 푹! 하고 쑤셔 박히는 것 같은 강렬한 충격을 받고는 멍한 얼굴로 민수림을 바라보았다.

민수림은 감격한 표정으로 자신을 바라보는 진검룡을 보고는 배시시 미소 지었다.

"그러니까 나 죽지 않게 하려면 검룡이 죽지 말아야 해요. 알았죠?"

"아… 알았습니다."

진검룡은 꿈을 꾸는 것처럼 행복했다.

진검룡이 모두를 둘러보면서 진중한 얼굴로 선언하듯이 말문을 열었다.

"우리는 이곳에 개파를 할 계획이오."

현수란과 태동화, 정무웅 등의 얼굴에 '드디어!'라는 표정이 새기듯이 떠올랐다.

그들은 진검룡이 항주에 새로운 문파를 개파할 것이라는 사실을 알고 무척 기대했었는데 마침내 개파가 현실로 드러나게 된 것이다.

반면에 풍건과 한림, 훈용강은 처음 듣는 말에 의아한 표정을 지었다. 그들은 진검룡에게 개파에 대한 말을 한마디도 듣지 못했었다.

"우선 방파명을 지어야겠소."

모두들 진지한 표정으로 고개를 끄떡이면서 어떤 방파명이 좋을까 생각하는데 훈용강만 피식 웃었다.

훈용강이 볼 때 진검룡이 개파를 한다느니 방파명을 짓는다느니 하는 것은 어린아이가 장난하는 것 같았기 때문이다.

아무리 주군이지만 웃기는 건 웃긴 것이다.

그런데 그가 웃는 것이 민수림의 눈에 띄었다.

그녀가 냉랭한 얼굴로 훈용강을 꾸짖었다.

"네가 비웃는 것이냐?"

그녀는 아무에게나 하대를 하지 않지만 훈용강은 이상하게도 본능적으로 싫었다.

아마 그에게서 어떤 호색이나 사악함 같은 기운이 풍겨지기 때문이었을 것이다.

난데없이 민수림에게 꾸중을, 그것도 싸늘한 하대를 당한 훈용강의 미간이 잔뜩 찌푸려졌다. 이럴 때는 냉철한 이성보다 뜨거운 감정이 앞선다.

그는 자신이 진검룡의 수하이기 때문에 진검룡의 여자인 민수림에게 어느 정도는 참아주려는 생각이다.

"비웃지 않았소."

훈용강은 비딱한 자세를 고치지 않은 채 고개를 모로 꼬고 대답했다.

민수림의 표정과 목소리가 조금 더 차가워졌다.

"그렇다면 방금 전의 웃음은 무엇이냐?"

현수란과 태동화는 민수림의 실력이 최소한 진검룡보다 고강하다는 사실을 알고 있다.

그래서 과연 그녀가 훈용강을 어떻게 요리할지 자못 흥미진진한 표정을 지으며 지켜보았다.

그들은 훈용강이 아무리 고강하다고 해도 절대로 민수림을 능가하지는 못할 것이라고 확신했다.

또한 풍건도 민수림이 진검룡과 함께 어풍비행을 전개하는 것을 직접 겪었기 때문에, 훈용강이 누군지는 모르지만 자칫하다가는 그녀가 경을 칠 것이라고 짐작했다.

그러면서도 민수림의 무공을 직접 볼 수 있는 기회가 생겨서 손에 땀을 쥐며 지켜보았다.

다만 이곳에서 훈용강 한 명만이 민수림의 진정한 실력을 모르고 있다.

하지만 무조건 자신보다는 하수일 것이라고 생각했다. 전 무림을 통틀어서 훈용강보다 고강한 고수는 일 할도 되지 않을 것이라는 확률을 믿고 있는 것이다.

그렇지만 훈용강은 참는 김에 조금 더 참기로 했다. 민수림이 주군의 여자이기 때문이다.

"그냥 웃겨서 웃은 것이오."

제 딴에는 많이 참고 하는 말이지만 중인이 듣기에는 비틀릴 대로 비틀린 말이다.

그는 천하절색의 미모를 지니고 있는 민수림을 어느 정도 마음에 두고 있는 데다 사내 체면에 그녀 앞에서 굽실거리는 것이 수치스럽기도 하다고 생각했다.

민수림은 차가운 얼굴로 경고했다.

"웃으면 안 된다."

그렇지만 훈용강은 대답하지 않았다. 입을 열기만 하면 좋지 않은 말이 튀어 나갈 것 같기 때문이다. 그로서는 그렇게 하는 것이 최대한 예의를 지키는 것이다.

진검룡은 민수림이 훈용강을 꾸짖은 것이 자신의 위엄을 세워주기 위해서라고 생각해서 기분이 흐뭇해졌다.

진검룡이 말을 이었다.

"좋은 방파명이 있으면 말해보시오."

그러자 민수림이 기다렸다는 듯이 살짝 미소 지으며 고즈넉이 말했다.

"영웅문(英雄門)이 어떤가요?"

"오오……!"

"야아……!"

"훌륭해요!"

다음 순간 좌중에서 와르르 탄성이 터져 나왔다. 그들은 민수림이 어째서 문파명을 '영웅문'이 어떠냐고 물었는지 짐작하고 있다.

새로 개파할 문파의 수장은 진검룡이 될 것이고 또한 그가 진정한 영웅이라고 생각하기 때문이며, 모두들 그 말에 전적으로 동의하고 있다.

현수란이 일어나서 두 손으로 진검룡을 가리키면서 열렬한 얼굴로 말했다.

"진 대협이 영웅이시니까 방파명, 아니, 문파명으로 영웅문보다 더 좋은 것은 없을 거예요!"

태동화도 질세라 거들었다.

"그렇습니다! 나는 여태껏 진 대협 같은 일세영웅을 한 번도 만난 적이 없으니 새로 개파하는 문파 이름은 영웅문이 제격입니다!"

모두들 쌍수를 들어 찬성하는데 오로지 한 사람 훈용강이 볼 때는 이게 아닌 것 같았다.

하고많은 문파명 중에서 왜 하필이면 영웅문인가. 도대체 이들 중에 영웅이 누구라는 말인가. 중인이 치켜세우는 진검룡이 대단하기는 하지만 영웅하고는 거리가 멀다고 생각하는 훈용강이다.

말하자면 가예치성(假譽馳聲). 재주가 없는 것들끼리 서로 치켜세우느라 제정신이 아닌 것 같아서 참으려고 했는데 저절로 웃음이 나왔다.

"큭큭……."

그런데 모두 훈용강의 웃음소리를 듣고 갑자기 좌중이 고요하게 가라앉았다.

훈용강은 웃음을 멈추었지만 아직 웃음기가 남아 있는 얼굴로 고개를 들었다.

그는 모두들 굳은 얼굴로 자신을 주시하고 있는 것을 보고는 어깨를 으쓱했다.

"하하! 너무 웃겨서 그만……."

민수림이 차분하게 말했다.

"웃으면 안 된다고 말했었지?"

이쯤 되니까 훈용강으로서도 배알이 뒤틀렸다.

"웃음이 나오는 걸 어떻게 하오?"

"너는 내 경고를 무시했다."

훈용강은 어디 네 마음대로 해보라는 식으로 두 팔을 벌려 보였다.

"어쩔 수가 없었소."

민수림의 미간이 좁혀졌다.

"너 같은 놈 때문에 사파가 싸잡아서 욕을 먹는 것이다."

그 말에 훈용강이 발끈했다.

"그 말 취소하시오."

중인은 민수림의 말에 훈용강이 사파인이라는 사실을 비로소 처음 알게 되었다.

민수림이 진검룡에게 물었다.

"검룡, 내가 저놈을 죽여도 되나요?"

진검룡은 벙긋 웃었다.

"수림 뜻대로 하십시오."

훈용강은 주군인 진검룡의 말에 '어?' 하는 표정을 짓더니 곧 냉소를 푸슬푸슬 흘렸다.

"큭큭큭… 주군, 저를 버리시는 겁니까?"

진검룡은 장차 훈용강을 중요하게 쓰려면 버르장머리부터 고쳐야겠다고 생각했다.

"네가 지금 여길 떠나고 싶다면 잡지 않겠다. 그러면 네 한 목숨은 건질 수 있을 게다."

"허어……"

훈용강은 어이없는 표정을 지었다.

민수림이 차갑게 말했다.

"지금 네가 이 자리를 떠난다면 용서해 주겠다."

진검룡은 검황천문 탈혼부 탈혼사들에게 제압되어 끌려가던 훈용강을 구해주었다.

그 당시에 진검룡이 구해주면 수하가 되겠느냐는 제의에 훈용강은 무조건 수락했다.

그런데 이제 와서 진검룡이 놔준다고 해서 훈용강이 떠난다면 그는 약속을 어기는 것이 된다.

훈용강이 가장 싫어하는 것이 약속을 어기는 일이고 그런 자를 만나면 어김없이 죽였다.

하지만 지금 그가 눈 딱 감고 이 자리를 떠난다면 모든 굴레에서 일시에 벗어날 수가 있다.

어줍지 않은 데다 덜 돼먹은 주군에게서 벗어나게 되고, 진검룡의 연인이라는 계집애가 부리고 있는 말도 안 되는 성깔에서도 벗어날 수 있다.

그래서 훈용강 자신의 자리로 돌아가는 것이다.사파의 삼절사존이 있어야 할 자리에 말이다.

그렇지만 가장 중요한 것 즉, 약속을 깨야만 한다.

그러니까 스스로를 위안하기 위해서 그것에 적합한 어떤 장치를 만들어야 할 것이다.

그는 자세를 바로 하고 상체를 꼿꼿하게 세우면서 진검룡에게 물었다.

"제가 피치 못할 상황에 처하게 된다면 주군의 여자를 죽여도 됩니까?"

진검룡과 민수림을 제외한 모두들 어이없는 표정으로 훈용강을 쳐다보았다.

주군의 여자면 주모(主母)라고 호칭해야 한다. 그런 점에서도 훈용강은 도가 넘은 결례를 범하고 있다.

훈용강은 자신이 이렇게 말하면 진검룡이나 민수림이 꼬리를 내릴 것이라고 생각했다.

그런데 진검룡은 대수롭지 않은 듯 고개를 끄떡였다.

"그럴 능력이 있으면 그래도 괜찮다."

그는 훈용강이 민수림을 죽일 확률이 일 푼도 되지 않는다고 생각했다.

진검룡의 말에 훈용강은 비로소 조금 긴장했다. 진검룡이 민수림을 얼마나 아끼고 사랑하는지 그의 언행만 조금 보면 다 알 수 있는데, 그런 그가 훈용강더러 민수림을 죽일 수 있으면 죽여도 괜찮다고 말한 것이다.

*   *   *

민수림은 진검룡이 술을 부어준 술잔을 들면서 훈용강에게 말했다.

"너에게 기회를 주마."

훈용강은 '그러면 그렇지' 하는 표정으로 입가에 비틀린 회심의 미소를 지었다.

민수림이 이제야 자신이 도망칠 구멍을 만들려는 것이라고 짐작한 것이다.

"네가 한 번 공격해서 나를 한 걸음이라도 물러나게 한다면 내가 패한 것으로 하겠다."

"……"

그런데 훈용강의 예상은 철저하게 빗나갔다. 민수림은 자신이 도망칠 구멍을 만들려고 하는 대신에 훈용강의 뒤통수를 호되게 갈겼다.

민수림이 저런 식으로 말한다는 것은 두 가지 중에 하나의 경우에 속한다.

그녀가 미쳤거나, 아니면 훈용강을 찜 쪄서 먹을 정도의 초절고수라는 얘기다.

그 말을 듣고 적잖이 긴장하기 시작한 훈용강의 고막을 민수림의 다음 말이 자늑자늑 울렸다.

"이후 네가 나를 한 걸음 물러서게 하지 못하면 내가 너를 한 번만 공격해서 일패도지시킬 것이다. 그 경우에 만약 내가 실패하면 내 목숨을 네 손에 맡기겠다."

이것은 무조건적으로 훈용강에게 유리한 싸움 조건이다.

그렇지만 훈용강은 조금도 기뻐하지 않았다. 기뻐할 상황이 아닌 것이다.

그는 마른침을 꿀꺽 삼켰다. 그는 극도로 긴장해서 목구멍이 간질거렸다.

그러고는 자신이 호랑이 수염을 건드린 것이 아닌가 하는 생각을 비로소 하게 되었다.

'이거 똥 밟았다……!'

그렇지만 더 중요한 사실이 있다. 민수림이 초절고수인 것 같긴 하지만 훈용강의 굴강한 자존심 때문에 이쯤에서 절대로 물러서지 못한다는 사실이다.

설사 지금 내리는 결정 때문에 자신이 죽는다고 해도 그의 성격으로는 절대 물러나지 못한다.

진검룡 등은 술을 마시다 말고 모두 전각 밖의 넓은 마당으로 우르르 몰려 나갔다.

민수림과 훈용강이 삼 장 거리를 두고 마주 보고 서 있으며 주위에, 아니, 민수림 좌우와 뒤에 진검룡 등 전원이 반원형으로 모여 서 있다.

훈용강 뒤에는 아무도 없으며 민수림 뒤에만 진검룡을 비롯해서 모두 서 있는 광경이, 지금 훈용강이 처한 상황을 잘 대변하고 있다.

중인들은 민수림이 매우 고강하다는 사실을 알고 있지만 실제로 그녀가 무공을 전개하는 것을 본 적이 없으므로 몹시 흥미진진한 표정이 역력했다.

민수림은 극도로 긴장한 표정을 짓고 있는 훈용강을 보며
담담하게 말했다.

"공격해라."

훈용강은 다시 한번 마른침을 삼켰다.

"나는 반격하지도, 이 자리에서 움직이지도 않겠다."

'뭐… 라고?'

훈용강은 자신의 귀를 의심했다. 자신이 공격하는데 민수림
이 반격하지도, 지금 서 있는 자리에서 움직이지도 않겠다고
말한 것이다.

'미친……'

그 말을 듣고 민수림이 초절고수일 것이라고 생각하기보다
는 미친 것이 분명하다는 직감이 들었다.

왜냐하면 훈용강이 평소에 품고 있는 초절고수에 대한 개
념이라는 것은 자신보다 무공이 매우 높다고 해도, 무기로 찌
르고 베거나 공력이 가득 실린 장력이나 주먹으로 가격하면
중상을 입을 수밖에 없다는 사실이다.

그러므로 눈앞의 민수림이 아무리 고강하더라도 그 범주에
서 벗어나지 못할 것이라는 생각이었다.

즉, 훈용강이 검으로 찌르면 찔릴 것이고 베면 베일 것이며
일장을 갈기면 몸뚱이가 으깨질 것이라는 얘기다.

그런데 훈용강의 그런 생각에 혼선이 빚어졌다. 방금 전에
민수림이 한 말 때문이다.

훈용강이 한 차례 공격하는 동안 그녀가 반격하지도, 피하지도 않겠다고 말한 것이다.

훈용강의 상식으로는 말이 되지 않는 일이다. 그건 서 있다가 고스란히 죽겠다는 얘기나 다름이 없다.

그러나 민수림이 가만히 서 있다가 죽을 리가 만무하다. 열흘 삶은 호박에 이빨도 들어가지 않을 그런 짓을 왜 하겠는가.

그러니까 지금부터 훈용강에게 일어나려고 하는 일은 그의 상식에서 아주 많이 벗어난, 그리고 상상을 불허하는 것이 분명하다.

'만약…….'

만약 훈용강의 공격을 민수림이 정말로 반격하지도, 피하지도 않고서 받아낸다면 그다음에는 그녀가 공격할 차례다.

훈용강은 물끄러미 민수림을 응시했다. 그의 가슴속으로 얼음골의 한풍처럼 싸늘한 바람이 훑고 지나갔다.

기이한 느낌과 기분이 들었다. 그것은 처음 느껴보는 공포다. 검황천문 탈혼사들에게 압송되어 끌려갈 때에도 느끼지 못했던 공포심이다.

그는 이날까지 이런 식의 온몸을 켜켜이 저미는 듯한 지독한 공포는 처음 느껴보았다.

만약 민수림이 훈용강의 공격을 받아낸다면, 정말 그런 어이없는 일이 벌어진다면 그다음에 그는 민수림의 공격을 받아낼 자신이 없다. 이미 기 싸움에서 그는 철저하게 패했다.

하지만 죽을 때 죽더라도 겁을 집어먹은 채 물러나거나 살려달라고 비는 것은 훈용강이 아니다.

어쨌든 그는 이제부터 하게 될 한 번의 공격에 필생의 모든 것을 다 쏟아부을 생각이다.

훈용강이 천천히 걸음을 옮겨서 민수림 다섯 걸음 앞까지 다가갔을 때도 그녀는 움직이지 않았다.

그런 모습을 보면 훈용강이 일초식을 다 전개할 때까지 움직이지 않을 것 같았다.

슥…….

훈용강은 민수림 다섯 걸음 앞에 멈춰서 긴장을 풀기 위하여 길게 심호흡을 했다.

"후우……."

아까 같았으면 심호흡 따위는 창피해서라도 민수림 앞에서 절대로 하지 않았겠지만 지금은 그런 것에 조금도 신경을 쓰지 않았다.

그는 이미 못난 꼴 다 보여주었는데 이제 와서 무슨 체면을 차린다는 말인가.

스릉…….

또한 당신은 맨손이지만 나는 검을 써야 한다는 식의 양해도 구하지 않았다.

지금 그의 앞에 서 있는 여자는 천하절색미녀가 아니라 반드시 단 한 번의 공격에 한 걸음이라도 물러서게 만들어야 하는 초절고수다.

그러지 못하면 그가 죽을 것이다. 죽음에 대해서 생각해 본 적은 없지만 무섭지는 않다.

다만 그런 식으로 죽게 된다면 아주 많이 창피할 것 같다는 생각이다.

훈용강이 원래 사용하던 검은 검황천문 탈혼사들과 싸우는 과정에 부러졌다가 그마저도 뺏겨서 버려졌는데 그가 매우 아끼는 검이었다.

그래서 이곳으로 오는 도중에 병기점에 들러서 마음에 드는 검을 한 자루 구했다.

원래 그가 사용했던 검에 비하면 예리함이나 강도(剛度) 등이 칠 할에도 미치지 못하지만 그런대로 쓸 만한 검이다.

훈용강의 별호 삼절사존의 삼절 첫 번째가 검절이다. 그 정도로 검에는 일가(一家)를 이루었다는 뜻이다. 그는 이제껏 검법으로 진정한 상대를 만나본 적이 없었다.

우웅…….

그가 지면으로 비스듬히 뻗은 검에 삼 갑자 백팔십 년 전 공력을 주입했더니 검이 은은하게 진동하면서 낮은 용울음 소리를 흘렀다.

그를 압송하던 검황천문 탈혼부 제팔분부주 위융의 공력이 이 갑자 백이십 년인 것을 감안하면 훈용강의 공력이 압도적으로 높은 것이다.

그렇기에 훈용강은 제압되기 직전까지 탈혼사를 이십여 명이나 죽일 수 있었던 것이다.

현재 그는 심신이 최상의 상태다. 탈혼사들과 싸우고 제압되는 과정에 혹독한 중상을 입었으나 진검룡이 순정기로 말끔하게 치료를 해주었기 때문이다.

그는 백팔십 년 공력을 검에 주입했다가 검기를 발출하여 민수림을 공격할 생각이다.

사실 그의 검기는 아직 완성되지 않았다. 검기를 자유자재로 전개하려면 공력이 최소 삼 갑자 반 이백십 년은 돼야 하는데 그는 삼십 년이 모자라다.

그러나 검초식과 그의 실력이 워낙 출중한 덕분에 기초적인 검기를 발휘할 수 있는 것이다.

민수림이 반격하지도 피하지도 않는다니까 훈용강은 아무것도 생각하지 않고 오로지 두 손으로 피가 나도록 움켜잡은 검에 검기를 뿜어내서 그녀의 정수리를 쪼갤 생각이다.

훈용강으로서는 그 상황에서 도대체 민수림의 정수리가 세로로 쪼개지는 것 말고 과연 어떤 결과가 나올 수 있는지 예상되는 것이 전혀 없다.

훈용강이 보니까 민수림은 이제 곧 공격을 당하게 될 텐데도 그런 것은 조금도 관심이 없다는 듯 우아한 동작으로 흘러내린 머리카락을 쓸어 올리고 있다.

그리고 훈용강이 두 손으로 잡은 검을 머리 위로 치켜올렸을 때, 그녀는 오른쪽 옆에 서 있는 진검룡을 바라보면서 방그레 미소를 지었다.

'감히!'

그걸 보는 훈용강의 얼굴이 일그러졌다.

사실 민수림은 자신의 무공이 얼마나 고강한지 그 높이와 깊이를 정확하게 모르고 있다.

하지만 훈용강 정도는 열 명이 한꺼번에 합공을 한다고 해도 몇십 초 안에 죄다 거꾸러뜨릴 수 있을 것 같은 자신감이 팽배하다.

훈용강의 두 눈에 핏발이 곤두섰다. 그는 젖 먹던 힘을 다해서 민수림에게 저돌적으로 부딪쳐 가며 머리 위로 치켜세웠던 검을 맹렬히 그어 내렸다.

부아악!

새파란 검기가 검날 전체에서 한 자쯤 뿜어졌다. 상식적으로 검기는 검날보다 세 배 정도의 강력함을 지니고 있다.

하지만 훈용강의 검기는 아직 미완성이라서 검날의 위력보다 두 배를 조금 웃돌 것이다.

그렇다고 해도 그것은 능히 만 근 바위를 절반으로 쪼개고도 남을 엄청난 위력이다.

검에서 뿜어진 흐릿한 푸른빛의 검기가 정수리를 쏘아가고 있는데도 민수림은 오른쪽 옆에 서 있는 진검룡을 바라보면서 훈훈한 미소를 보내고 있다.

그래서 그것이 훈용강의 배알을 더욱 뒤틀리게 만들었다.

'이년!'

그 순간 훈용강은 민수림을 죽이지 못하면 자신이 죽으리라고 결심했다.

쩌껑!

검기가 민수림의 정수리를 강타했다.

"우왁!"

훈용강은 단지 엄청난 충격이 자신의 온몸을 덮치는 것만을 느꼈을 뿐이다.

그다음에 그는 자신이 쏜살같이 허공을 날아가고 있는 것을 느꼈다.

날아가면서 그는 두 팔이 떨어져 나가는 것 같은 극심한 통증을 느꼈다.

그런데 그는 이게 대체 어떻게 된 영문인지 도무지 이해를 할 수가 없다.

그는 방금 전에 필생의 전력을 발휘하여 검기로 민수림의 정수리를 강타했는데 어떻게 그 자신이 튕겨서 날아가고 있다는 말인가.

어쨌든 그는 날아가는 것을 멈추려고 시도했지만 어떻게 된 일인지 공력이 한 움큼도 모아지지 않을뿐더러 온몸이 조각조각 해체되는 것처럼 고통스러웠다.

'으으… 도대체 된 일인가……?'

진검룡을 비롯한 중인은 방금 전에 일어난 광경을 두 눈으로 똑똑히 보았다.

훈용강이 번쩍 몸을 날려서 민수림에게 덮쳐가며 두 손으로 잡은 검을 그녀의 정수리를 향해 무시무시하게 그어 내릴 때, 중인은 '저러다가 민수림이 죽는 것 아닌가?'라는 걱정이 들 정도로 매우 놀랐다.

그렇지만 검이 민수림의 정수리를 강타하는 순간 외려 훈용강이 처절한 비명을 터뜨리며 날아가 버린 것이다.

더구나 민수림의 정수리를 내려친 검은 산산조각이 나서 수십 조각으로 흩어져 허공으로 날아가 버렸다.

진검룡은 민수림이 어떤 방법을 사용했기에 그토록 무시무시한 훈용강의 검기 공격을 받고도 아무렇지 않을 수 있으며, 도리어 그를 가랑잎처럼 날려 보낼 수 있는 것인지 신기하기 짝이 없었다.

그때 태동화가 떨리는 목소리로 중얼거렸다.

"맙소사… 호신강기(護身罡氣)라니……."

그러자 현수란이 민수림에게서 시선을 떼지 않은 채 중얼거림을 받았다.

"그… 렇죠? 내가 잘못 본 게 아니죠? 오오… 호신강기가 틀림없어요……."

호신강기라는 말에 정무웅과 화룡, 은조 등이 대경실색하는 표정을 지었다.

　호신강기가 무엇인지 모르는 진검룡과 기억을 잃어버린 청랑을 제외한 중인은 입에 거품을 물고 혼절할 것 같은 표정을 지었다.

　무림에서의 상식으로는 최소한 오 갑자 삼백 년이라는 어마어마한 공력을 지니고 있어야지만 호신강기를 전개할 수 있다고 알려져 있다.

　중인이 보기에 민수림은 손가락 하나 까딱하지 않았는데도 훈용강이 지푸라기처럼 날아가 버렸다.

　진검룡은 민수림이 다치지 않을 것이라고 믿고 있었지만 설마 이 정도일 줄이야 예상하지 못했다.

　그때 민수림이 전면을 향해서 손을 내밀었다.

　진검룡은 민수림이 저만치 날아가고 있는 훈용강을 가리키는 것이라고 생각했다.

　그런데 그때, 모두가 기절초풍할 일이 벌어졌다. 민수림에게서 족히 삼 장 이상 거리에서 빠르게 날아가고 있는 훈용강이 갑자기 뚝 허공중에서 정지했다.

　그러더니 놀랍게도 훈용강이 느릿느릿 민수림을 향해 날아가고 있지 않은가.

　모두들 극도로 경악해서 눈을 부릅뜨고 쳐다보고 있는 사이에 훈용강이 민수림 앞 허공에 선 자세로 천천히 멈추었다.

그제야 중인은 한 가지 사실을 깨달았다. 민수림이 팔을 뻗어서 날아가는 훈용강을 잡아당겨 자신의 앞까지 끌어와서는 멈추게 한 것이다.

여기에 있는 사람들은 너무 혼비백산한 나머지 그런 상승 수법이 있다는 사실조차도 기억이 나지 않았다.

훈용강은 뇌리를 강타한 충격 때문에 온몸이 갈가리 찢어지는 듯한 극심한 고통을 망각해 버렸다.

'저… 접인신공(接引神功)……'

그는 무림에 접인신공을 전개하는 인물이 존재한다는 소문을 언젠가 들은 기억이 있다.

그 기억에 의하면 현존하는 최고의 고수인 우내십절쯤 돼야 접인신공을 펼칠 수 있다고 했다.

그러고 보니까 조금 전에 그의 전 공력이 실린 검기가 민수림의 정수리를 강타했는데도 그가 퉁겨져 날아갔던 이유가 그제야 생각이 났다.

'으음… 호신강기였다……'

그때 민수림이 훈용강을 보며 조용한 목소리로 말했다.

"너는 내 공격을 받아낼 준비가 됐느냐?"

훈용강의 모습은 비참했다. 두 팔이 손에서부터 손목과 팔뚝, 어깨까지 완전히 부러지고 짓이겨져서 덜렁거리고 있으며 손아귀가 다 찢어져 피가 뚝뚝 떨어졌다.

뿐만 아니라 안색이 백지장처럼 창백했으며 입에서는 검붉은 핏물이 콸콸 쏟아졌다.

훈용강이 참담한 표정으로 입에서 피를 쏟으며 말했다.

"잘못했습니다. 죽여주십시오."

『붕정대연가(鵬程大戀歌)』 5권에 계속…